10대를 위한
나의 첫 소설 쓰기 수업

10대를 위한

나의 첫 소설 쓰기 수업

문부일 지음

일러두기

문학 작품은 크게 산문과 운문으로 나눈다. 운문은 시, 시조, 동시, 청소년 시 등 운율이 있는 글이고, 산문은 문장이 이어진 소설, 일기, 독서 감상문, 수필, 동화 등을 폭넓게 말한다. 그런데 요즘은 산문을 자신의 경험과 생각을 짧게 적은 글, 수필과 비슷한 의미로 좁게 사용하기도 한다. 마찬가지로 이 책에서 산문은 일정한 형식이 없는 짧은 글, 수필과 같은 의미로 사용했다.

다섯 줄도 못 썼는데 소설을 쓰다니

"제발, 다섯 줄만 쓰자!"

나는 글쓰기 수업마다 학생들에게 간곡하게 부탁을 한다. 학생들은 다섯 줄도 너무 길다며 한숨을 내쉬고 세 줄만 쓰면 안 되냐고 되묻는다. 갈수록 태산이다. 어떤 학생은 다섯 줄을 쓰라 강요하면 수업에 들어오지 않겠다고 말했다. 반항하는 것이 아니라, 글쓰기가 너무 싫어서 자신도 어쩔 수 없다는 표정이었다.

이처럼 '글쓰기 싫어증'에 걸린 학생이 많다. 왜 글쓰기가 싫은지 이유를 물었더니 빈 종이를 보면 어떤 문장으로 채울지 막막하다고 진심을 전했다. 빈 종이를 무서워했다. 게다가 멋진 주제, 참신한 소재, 좋은 문장을 쓰라 강요까지 하니 더 쓰기 싫다고 말하는 친구도 많았다. 주로 쓰는 글은 수행평가 과제, 일기, 독후감으로 반 강제로 쓰는 거고 그마저도 선생님이 검사를 하는 탓에 솔직하게 못 써 재미도 없다고 털어놓았다.

　다 맞는 말이었다. 뜨겁게 질주하며 발칙한 상상을 하는 학생들에게 삶의 의미를 깨닫는 독후감, 일기 등을 억지로 쓰라 하니 당연히 점점 글쓰기를 멀리하는 것이다. 학생들의 이유 있는 항변을 듣고, 나는 좌충우돌하면서 해결 방법을 찾기 시작했다.

　가장 시급한 것은 종이 공포증 치료였다. 우선 수업 목표를 잘 쓰는 것이 아닌 어떻게 해서든 많이 쓰는 것으로 바꾸었다. 학생들에게 짧은 문장으로 다양한 글을 여러 번 쓰게 했더니 한 가지 주제로 긴 글을 쓰라고 할 때보다 훨씬 쉽게 종이를 채웠다. 그렇게 분량을 조금씩 늘려갔다.

　그다음으로 글쓰기가 재미없고 모범적인 말을 늘어놓는 따분한 일이라는 고정관념을 깨야 했다. 과자를 먹고 맛 묘사하기, 시트콤을 보고 캐릭터 분석하기, 자신의 닉네임 정하기, 광고 카피 쓰기, 노래 개사하기, 예능 게시판에 댓글 달기 등 흥미로운 글감을 제시했더니 학생들이 자발적으로 참여했다.

　마지막으로 글쓰기가 자신을 얼마나 자유롭게 만드는지 경험할 수 있도록 했다. 네 명씩 팀을 짜서 아무 문장이나 이어 써보는 식이었다. 누가 쓴 문장인지 밝히지 않아도 되니까 학생들은 눈치 보지 않고 기상천외한 글을 썼고, 해방감을 느꼈다. 나는 그 과정이 소설 쓰기와 비슷하다고 설명했다. 상상하는 이야기, 자기 자신이 드러나지 않는 글에 매력을 느낀 학생들은 먼저 소설을 쓰고 싶다고 제안했고, 소설 창작반을 새로 만들게 되었다. 소설 창작반 수업은 일주일에 한 번, 2시간 정도 진행했다. 내가 먼저 30분 동안 설명하고, 그 이후 학생들은 조용한 분위기 속에서 소설을 썼다. 집에서 하면 과제로 느껴 부담이 될 테니 수업 시간에 글을 쓰도록 이끌었다. 그렇게 열 번의 수업을 통해 단편 소설을 완성했다.

솔직히 말하면 소설 쓰기 수업은 실패하리라 예상했다. 산문도 능숙하게 못 쓰는데 분량이 긴 단편 소설 완성은 무리라 생각했다. 그런데 예상치 못한 일이 벌어졌다. 학생들은 소설이 분량이 많고 고민할 지점도 너무 많아 고통스럽다고 호소하면서도, 신의 위치에서 주인공을 마음대로 움직이는 것에 매력을 느꼈다. 또한 산문의 교훈적인 분위기에서 벗어나 추리, 연애, 공포, SF, 판타지 등 다양한 장르를 쓰는 것이 즐겁다고 입을 모았다. 학생들은 글을 쓰면서 산문과 소설의 차이를 스스로 깨달았다. "소설을 썼더니 이제 한 장짜리 산문은 쓰기 쉬울 것 같아요." 소설을 쓰기 전과 후의 차이를 이렇게 말하는 친구도 있었다. 재미있게 쓰다 보니 자연스럽게 종이 공포증, 글쓰기 싫어증을 한 방에 날려버린 셈이다.

다섯 줄도 쓰기 힘들다며 수업에 들어오지 않겠다던 학생이 마지막 날, 네 장짜리 짧은 소설을 써 왔다. 시골 출신 주인공이 사투리를 써야 생생하다며, 경상도 출신 친구에게 대화를 고쳐 달라 부탁하는 열정까지 보인 그 학생에게 소설을 써줘서 고맙다고 여러 번 말했다.

첫 소설을 수준 높게 완성한 학생들이 대견하고 고마워서 주변에 자랑을 했더니, 그 수업 과정을 알려 달라는 사람이 많았고, 또 누군가는 책으로 출간하라고 제안했다. 역량이 부족한 내가 글쓰기 책을 써도 될까 오랫동안 망설였다. 그때 고등학교 3학년, 처음 소설을 쓰던 어느 밤이 떠올랐다. 주변에 소설을 쓰는 지인이 아무도 없고 청소년 눈높이에 맞는 소설 작법서도 없어서 막막했다. 혼자 글을 쓰는 학생이 얼마나 힘들지 그 마음을 누구보다 잘 알기에 조금이라도 도움을 주고 싶어서 용기를 냈다. 책을 준비하다 보니 실력이 부족하다는 점을 절실하게 깨달았고, 더 열심히 공부해야

겠다 다짐했다.

　많은 분에게 도움을 받았다. 글쓰기 수업을 할 수 있도록 도와
준 소설가 김혜정 선생님, 김혜진 선배, 여러 학교 선생님들, 능숙하
지 않고 어리바리한 나를 믿고 적극적으로 수업에 참여한 학생들,
글을 게재하도록 흔쾌히 허락해준 친구들에게 고마움을 전한다.

1

글쓰기 포기자를 구조하라!

닉네임 정하기로 첫 문장 물꼬 트기

*

학생들은 대개 글쓰기를 싫어한다(사실 어른도 그렇다). 싫어하는 정도가 아니라 아예 포기한 경우가 허다하다. 말하자면 글쓰기를 포기한 자, 글포자들이다. 이런 글포자들은 연필만 쥐어도 진절머리를 내지만, 유독 더 쓰기 싫어하는 글이 있다. 바로 '나를 소개하는 글'이다. 새학기 첫 수업부터 "자신이 무엇을 좋아하고 어떤 사람인지 소개하는 글을 쓰세요"라고 하면 어떨까? 학생 대부분이 어려운 수학 시험지를 받은 것처럼 얼굴을 찌푸린다. 처음 보는 친구와 선생님 앞에서 자신을 이야기하라 하면 정말 난감하다. 자기 자신에 대해 이야기할 기회가 적은 우리 사회에서는 더욱 그렇다.

학교 공부는 자신을 알아가는 과정이라 한다. 하지만 실제 수업은 그렇지 않다. 책을 읽고 글을 쓸 시간도 없다. 결국 우리는 자신이 어떤 성격인지, 무엇을 좋아하는지 모른 채 자란다. 대학교를 선택할 때도 적성보다는 취업이 잘되는 학과로 몰린다. 더 큰 문제는 타인에게도 무관심해 점점 소통이 없는 사회가 되는 것이다.

따라서 우리는 글쓰기의 시작을 '나 자신과 다른 사람을 조금씩 알아보는 것'으로 하고자 한다. 대신 글포자들도 쉽게 쓸 수 있는 방법으로 시작한다. 바로 '닉네임 짓기'다. 이번 시간에는 스스로 원하는 닉네임을 정하며 자연스럽게 자신을 드러내고 다른 사람의 생각도 들어볼 것이다 닉네임을 정하는 방법은 여러 가지가 있지만 여기서는 세 가지만 살펴보자.

①
나로 말할 것 같으면

자, 작명가가 될 시간이다. 먼저 자신의 이름과 뜻 그리고 누군가 내 이름을 부를 때 어떤 마음인지 짧게 적어 보자. 그다음에는 친구가 불러 줬으면 하는 닉네임과 그 이유를 두세 줄로 적자.

이름: 서지윤

내 이름을 부르면: 지혜롭고 윤택하다는 뜻이다. 반에 이름이 같은

친구가 있어서 너무 흔한 이름 같기도 하다.

닉네임: 서작까

그런데 왜 닉네임을 고민해야 하냐고? 닉네임을 정하는 동안 내 성격은 어떤지, 무엇을 좋아하고 싫어하는지, 꿈은 무엇인지 평소보다 훨씬 깊게 생각할 수 있기 때문이다. 닉네임을 정하는 데 얼마나 걸리는지도 자기 자신을 아는 데 도움이 된다. 만약 닉네임을 쉽게 지었다면 평소 스스로에 대해 생각을 많이 했거나 거침 없는 성격일 것이다. 반대로 고민이 길었거나 끝내 정하지 못했다면? 자기 확신이 부족하고 남의 시선을 많이 의식하는 성격일 수 있다.

닉네임을 정했다면 친구들과 서로 돌려 보면서 질문이나 의견을 하나씩 적어 보자. 종이가 한 바퀴를 돌아 다시 자기 앞에 오면 질문에 답을 한다.

다음은 실제 수업에서 학생들이 정한 닉네임이다.

내 닉네임은 〈기타〉

락 음악을 좋아해서 꿈은 싱어송라이터. 악기 중에서도 기타를 잘 쳐요. 손가락에 찢어진 상처가 있어요. 그리고 '기타 등등'이라고 할 때의 의미도 좋아요. 유튜브에 영상도 올렸지만 채널명은 비밀! 친해지면 공개할 수도 있어요.

친구들의 질문

* 춤도 잘 추나요?

* 어떻게 해야 기타를 잘 칠 수 있죠? 다음에 가르쳐 주세요.

* 가장 좋아하는 가수는 누구죠? 저는 아이돌보다 장재인, 이승환을

좋아해요.

* 유튜브에서 바로 찾아봤습니다.

* 영상 촬영 장비가 있으면 저도 빌려 주세요!

* 음악한다고 하면 부모님이 반대 안 해요? 저는 부모님이 무조건

공부만 하라고 해서 답답해요.

내 닉네임은 〈리요〉

음식 만들기를 좋아해요. '요리'는 촌스러워서 글자 순서를 바꿔

'리요'로 정했어요. 부모님이 바빠서 어릴 때부터 직접 요리를 했는데,

다들 맛있다고 칭찬해 줘서 더 열심히 하게 되었어요. 요즘 요리

프로그램이 많아서 좋아요. 김수미 쌤을 스승님으로 정했어요. 다양한

떡볶이를 만들어 보고 싶어요. 돈을 많이 모아서 오븐을 사고 싶어요.

친구들의 질문

* 집에 놀러 가면 맛있는 거 해줄 수 있어요?

* 저는 똥손이라 요리하면 항상 망해요. 비법이 뭐죠?.

★ 캠핑 가면 요리 좀 부탁! 가장 잘 만드는 메뉴는 뭐예요?

★ 저도 맛있는 거 먹고 싶은데 설거지도 귀찮고 재료 준비하기가
너무 싫어요. 극복하는 비결이 있나요?

이렇게 닉네임만 지어 봐도 자신의 꿈과 취미, 성격이 자연스레 드러난다. 굳이 긴 글로 자기를 소개하지 않아도 되니 글포자도 마음이 편하다. 또한 친구가 던진 질문을 보며 친구의 성격도 알고, 스스로에 대해 몰랐던 점도 찾을 수 있다.

②
내 닉네임은 이거다!

이번에는 아무것도 없는 빈 종이에서 시작하지 말고 다른 방법을 써보자. 여러 낱말 중 하나를 고르는 것이다. 낱말 열 개를 늘어놓고 그중 닉네임으로 쓰고 싶은 것을 하나 선택한다. 많은 낱말 중 왜 이 닉네임을 골랐는지가 자신의 무의식을 보여 준다.

여기서 중요한 것은 낱말을 보는 순간, 가장 마음에 드는 닉네임

을 선택하는 것이다(묻지도 따지지도 말고 바로!). 오래 고민하면 할수록 자신도 모르게 다른 사람의 시선을 의식하기 때문이다. 자신의 속마음과 무의식을 마주할 기회를 놓치지 않도록, 스피드는 기본이다.

친구들이 어떤 낱말을 선택했는지도 눈여겨봐야 한다. 다른 사람의 생각을 알아야 그 사람을 이해할 수 있고 자신 또한 객관적으로 살펴볼 수 있다.

다음은 실제 수업에서 사용한 열 가지 낱말이다.

하늘, 호수, 숲, 바다, 라면, 솜사탕, 사과, 서울, 책, 떡볶이

친구끼리 비교하면 더 다양한 생각이 드러난다. 예를 들어 산책을 선택한 친구와 떡볶이를 선택한 친구는 성격이 꽤 다른 것을 알 수 있다.

이 낱말을 닉네임으로 사용하고 싶은 이유를 쓰고, 첫 번째 방법과 마찬가지로 돌려 보면서 질문과 의견을 남기자. 수업에서는 열 명 중 네 명이 숲을, 세 명이 바다를 골랐다. 솜사탕, 책, 라면을 선택한 학생은 한 명씩이었다. 책을 한 명만 고른 이유를 물으니 "독서를 좋아하지 않아요", "책을 좋아한다고 하면 너무 진지해 보이거든요. 요즘 진지한 애는 인기 없어요!"라는 답이 돌아왔다. 숲과 바다를 선택한 친구들은 "편안해요", "숲과 바다에서 부는 바람이 그

리워요"라고 했다. 학생 대부분이 숲과 바다를 볼 일이 없는 도시에 살고 있었다. 만약 산골짜기나 바닷가 근처에 산다면 숲과 바다를 선택했을까? 이 질문에는 다들 고개를 저었다.

라면과 떡볶이를 좋아하면서 왜 닉네임으로 정하지는 않았는지도 물었다. "닉네임이 라면이면 친구들이 놀릴 것 같아요"라고 대답하는 학생이 여럿 있었다. 자신의 마음보다 타인의 시선을 더 중요하게 여기는 것은 아닌지 생각해 보자고 했더니 "사실 그렇다"라고 털어놓았다. "누가 놀리지만 않는다면 김밥, 만두, 피자로 불려도 좋아요! 피자 먹고 싶어요!"라고 말하며 환하게 웃었다.

이렇게 닉네임을 지으면 낱말 하나를 선택할 때도 자신이 알아채지 못한 마음의 소리, 즉 무의식이 자연스럽게 드러난다. 또한 친구가 선택한 낱말을 보면서 친구의 속마음도 살짝 엿볼 수 있다.

③

'꽃'이 그냥 '꽃'인가요?

세 번째 방법은 나만의 이름 짓기다. 너무 익숙해서 평소 깊이 생각한 적 없는 어떤 대상의 이름을 새로 짓고 자신의 닉네임으로 삼는다. 순간적으로 떠오른 이름을 적자. 그 이름에 진심이 담겨 있다. 이번에도 고민하지 않고 바로 적는 것이 포인트다.

다음 보기를 보고 각각의 새로운 이름과 뜻을 적어 보자. 마찬가지로 친구와 돌려 보며 질문을 쓰고 자신에게 돌아오면 답을 한다.

대한민국, 교무실, 핸드폰, 책, 아버지, 서울

학생들은 왜 이름을 그렇게 바꿨는지 저마다 이유를 가지고 있었다. '교무실'을 '안방'이라 바꾼 학생은 선생님과 사이가 좋아 교무실에 놀러 가는 기분으로 간다고 했다. '가깝지만 먼 곳'이라 말한 학생은 자주 가고 싶지 않다고 했다. 선생님과 서먹서먹하고 교무실만 가면 왠지 위축된다고 털어놓았다. 새로 지은 짧은 이름 하나에 친구의 일상이 녹아 있어서 놀랍다는 반응이 나왔다. 흥미로운 이름도 많이 나왔다. '핸드폰'은 '시간 때우기', '베스트 프렌드', '바보로 만들어 드립니다'라는 이름이 새로 생겼는데 따로 설명을 듣지 않아도 이유를 알 정도로 직설적이었다.

여건이 된다면 어른과 함께 닉네임을 지어 봐도 좋다. 친구와 할 때와는 또 다른 결과가 나온다. 세대를 뛰어넘어 서로를 이해할 수 있는 기회다. 나이, 성별, 사는 동네, 하는 일에 따라 다양하게 바라보고 해석하는 시선을 아는 것 또한 글을 쓸 때 큰 자산이다.

④
딱 다섯 줄만 써보자

그동안 학생들은 억지로 자기 소개글을 쓰고, 내키지 않는 발표까지 하면서 얼굴을 붉혔다. 오늘 수업에서는 그러는 대신 간단하게 닉네임을 지으며 스스로를 돌아볼 수 있었다. 친구가 정한 닉네임을 보면서 서로 조금이나마 이해했다면, 수업은 성공이라 할 수 있다.

이제 수업을 마무리해 볼까? 글쓰기 수업의 마지막은 언제나 짧은 글을 쓰면서 끝내자! 거기, 닉네임 짓기까지는 쉬웠는데 다시 글쓰기라니, 한숨이 나올 것이다. 미리 겁먹지 않아도 된다. 여기서는 딱 다섯 줄만 쓰면 되니까 글포자도 부담이 없다.

첫 글쓰기 주제는 자신이 좋아하는 것을 소개하기다. 예를 들어 닉네임 리요는 요리를 잘하는 방법을, 닉네임 기타는 기타를 잘 치는 방법을 쓰면 된다. 요리를 싫어하는 사람도, 기타를 못 치는 사람도 관심을 가지도록 진심을 담아 쓰자.

글쓰기는 분위기를 잡는 게 중요하다. 조용한 환경에서 글을 쓰기 시작하면, 미적대던 학생도 핸드폰을 내려놓고 뭐라도 *끄적거린*다. 역시 글이 완성되면 친구와 돌려 보면서 의견을 쓴다. 물론 답변도 적는다.

다음은 닉네임 기타가 쓴 글이다.

기타 잘 치려면

기타를 잘 치려면 신체 조건과 정신력이 중요하다. 물론 무엇을 하든 정신력이 필수지만! 우선 손톱이 갈라지지 않고 튼튼해야 한다. 손가락도 길어야 하고 팔이 길고 튼튼할수록 이득이다. 나는 예술이나 음악에는 잘하고 못하고가 없다 생각하지만, 어느 정도 치려면 매일 10분씩 몸이 기타 치는 리듬을 잊지 않도록 연습해야 한다. 기본기로 코드를 배우고 싶다면 어쿠스틱 기타, 클래식 기타가 적당하다. 기타마다 소리가 다르니 취향껏 고르면 된다. 솔직히 기타를 치라고 권유하고 싶지는 않다. 드럼이나 피아노가 훨씬 배우기 쉬울 것이다. 그래도 기타를 배우면 후회하지 않을 것이다. 아니 기쁠 것이다.

이 글을 어떻게 읽었는가? 우선 나는 기타를 좋아하는 마음이 들어 있는 글이라 평하겠다. 기타를 전혀 칠 줄 모르는 나도 연주해 보고 싶은 마음이 생길 정도로 몰입했다. 좋은 문학은 정보를 주는 것보다 마음을 전하는 것이 중요하다. 실패했을 때 좌절감, 이겼을 때 성취감, 고백 후 거절당했을 때 슬픔을 독자가 느끼며 주인공과 함께 호흡할 때 위로를 받기 때문이다. 이 글도 어떤 노래를 잘 연주하는지, 어떤 계기로 기타를 시작하게 되었는지, 그때 마음은 어땠

는지, 너무 힘들 때는 어떻게 극복했는지 구체적으로 밝혔다면 지금보다 더 생생하고 감동적인 글이 되었을 것이다. 또한 분량도 다섯 줄에서 열 줄로 쉽게 늘었을 것이다.

문학은 구체적인 묘사 한 줄로 분위기와 상황을 만든다. 예를 들어 '생선을 샀다'를 '고등어를 샀다'로 바꾸면 생선가게 앞에서 쓴 분위기가 난다. 고등어에 추억이 있는 독자라면 더 몰입할 수 있다. 날씨를 이야기할 때도 그냥 화창하다고 쓰는 것보다 햇빛이 쨍쨍한지, 바람은 센지, 하늘은 무슨 색인지 짧게 묘사하면 독자는 그 장소에 있는 것처럼 푹 빠져든다.

앞의 글에서 가장 내 마음에 와닿는 문장은 "예술이나 음악에는 잘하고 못하고가 없다"다. 나도 모르게 다른 사람의 작품을 좋은 작품과 나쁜 작품으로만 나누던 모습을 돌아보게 하는 문장이다.

다만 앞으로 글에 대한 내 의견이 계속 나올 것인데 내 생각에 불과하니 참고만 하면 좋겠다. 글쓰기는 수학처럼 정답이 있지 않다. 읽는 사람에 따라서 느낌이 다르다. 글쓴이는 여러 의견을 들으며 수정하되 스스로 중심을 잡아야 한다.

글쓰기 수업을 하다 보면 간혹 주제와 소재를 헷갈리는 학생이 있다. 앞의 글에서 주제와 소재는 무엇일까? 주제는 기타를 잘 치는 방법이고 소재는 기타다. 좀더 자세히 말하자면 소재는 글을 쓰는 재료, 글감이다. 주제는 그 글을 이끌어 가는 방향, 글에서 독자에게 하고 싶은 말이다. 기타를 소재로 다양한 주제의 글이 나올 수 있다. 기타 잘 치는 방법이 주제로 명확하지 않으면 기타 줄을 교체하는 방법이나 기타 가격이 얼마인지 등 주제에서 벗어나는 내용이 나올 수 있다. 글을 마무리할 때까지 주제를 잊지 말아야 한다.

닉네임 기타는 첫 수업 날, 자신을 소개하는 글을 달랑 한 줄만 썼다. 하지만 글감을 좋아하는 취미로 정했더니 거뜬히 여섯 줄을 써냈고, 자신의 생각도 정확히 담아냈다. 자신에게 알맞은 글감이 얼마나 중요한지 잘 보여 준다.

이 수업의 목표를 다시 떠올려 보자. 앞서 나는 한 줄도 쓰기 싫어하는 학생에게 글쓰기가 쉽다는 자신감을 심어 주겠다고 장담했다. 지금까지 수업을 따라가며 적은 문장만 세어 봐도 아마 스무 줄 이상이 될 것이다. 생각보다 글쓰기가 쉽지 않았는가? 평소보다 더 많은 글을 쓴 스스로에게 큰 박수를 보내면 어떨까? 짝짝짝!

오늘도 끄적거리며 놀자

★ 거리에 있는 간판을 보고, 닉네임으로 쓰고 싶은 낱말과 그 이유를 적어 보자.

★ 친구, 가족의 닉네임을 짓고 이유를 짧게 적자. 단 당사자가 싫어할 확률이 98퍼센트이니 유출되지 않도록 주의한다.

2

글감, 지금 네 입 안에 있어

과자 먹고 묘사와 설명의 차이 알기

＊

글쓰기가 유독 싫은 이유가 또 있을까? 수업을 듣는 학생들에게 또 다른 이유가 있는지 물었다. 얼굴을 찌뿌린 학생 한 명이 이런 말을 했다. "글을 쓰는 분위기가 너무 진지해요." 급기야 숨이 막힌다는 표현도 나왔다. 스마트폰 덕분에 태어날 때부터 영상과 음악이 익숙한 '힙'한 요즘 학생에게 글쓰기는 촌스러운 것으로 낙인이 찍힌 것이다. 매난국죽 사군자가 떠오르는 선비님의 장르라고 할까나.

학생들은 너무 '범생이' 같다고 잘라 말했다. 그들에게 글쓰기는 재밌는 활동이 아니다. 무조건 교훈이 있어야 하는 교장 선생님의 훈화 말씀 같은 것이다. 이유 있는 반항에 할 말을 잃었다. 급기야 나에게 "어떻게 글을 쓰면서 사세요? 지루하지 않아요?"라며 안쓰럽다는 눈빛을 보내기도 했다. 그 순간 떠오르는 고사성어가 있었으니, 유구무언有口無言(입이 있으나 할 말이 없다).

학생들이 갖고 싶은 직업 상위권에는 항상 공무원이 자리한다. 그 공무원 시험이 조선시대에는 과거시험이었고, 관직에 오르기 위한 과거시험의 시험 과목은 바로 글쓰기였다. 이런 글쓰기가 언제부터 갖은 오해와 고정관념에 시달리게 되었을까? 어쩌다가 학생들에게 따돌림을 당하는 신세가 되었을까? 물론 이제 와서 그 옛날, 찬란했던 글쓰기의 영광을 늘어놓으며 모범적인 소리를 할 생각은 없다. 시대가 바뀌었으니 글쓰기도 변화해야 한다. 너무 진지한 분위기가 숨 막힌다면, 환경을 조금이라도 바꿀 필요가 있다.

그래서 이번 시간에는 점잔 빼는 글쓰기가 아닌 자극을 주는 글쓰기를 하려 한다. 바로 맛있는 글감으로 혀를 자극하는 것이다. 오늘의 글감은 과자다. 백문이 불여일먹! 백 번 듣는 것보다 한 번 먹는 것이 낫다는 속담 아닌 속담도 있으니, 나도 모르게 군침이 돌았다면 글쓰기 준비는 끝이다.

① 낱말 창고를 가득 채우자

고등학교에 들어간 직후, 문예부 활동이라며 백일장에 끌려 나간 적이 있다. 얼떨결에 나간 백일장의 시제가 지금도 기억이 난다. '바람'이었다. 처음 참가하는 백일장이라 어떻게 글을 써야 하는지 잘 몰랐던 나는 무작정 바람의 종류를 나열하기 시작했다. 높새바람, 하늬바람, 갯바람, 태풍, 어쩌고 저쩌고. 사람의 마음은 참 간사해서 못 쓴 것을 알면서도 내심 운이 좋아 상 하나는 받았으면 했다. 물론 결과는 당연히 탈락이었다.

백일장이 끝난 후 우연하게 수상 작품집을 읽을 기회가 있었다. 할머니와 밭일을 하다가 잠깐 불어오는 바람에 땀이 식었고 덕분에 열심히 일을 끝냈다는 훈훈한 이야기부터, 태풍에 지붕이 날아간 시련을 가족이 힘을 합쳐 이겨 냈다는 찡한 사연까지 수상작 대부분이 자신이 경험한 일을 글감으로 삼고 있었다. 무엇보다 가장 눈에 띈 것은 모두 마무리가 '큰 깨달음을 얻었다'고 고백하며 끝난다는 점이다. 백일장에 나가면 이런 식으로 글을 써야 한다는 것, 그리고 그것이 이른바 문학이라는 것을 처음 깨달은 순간이었다. 그 후 백일장에 나갈 때면 일상에서 겪은 소소한 일화를 글감으로 글을 썼다. 잊지 않고 마지막에 깨달은 점과 교훈을 덧붙였더니 상을 받았다.

지금 생각해 보니 인생 첫 백일장에서 쓴 글은 바람에 대한 설명문, 즉 비문학이었다. 비문학에는 작가의 감정이 들어가지 않는다. 오로지 독자에게 지식을 주거나 설득하는 것이 목적이다. 대표적으로 논술이 있다. 반면 독후감, 산문, 소설, 시는 문학이다. 작가의 감정을 솔직하게 드러내 독자에게 감동을 준다.

문학과 비문학의 가장 큰 차이를 하나 꼽자면 무엇일까? 문학은 감정을 촉각, 청각, 시각, 후각, 미각 즉 오감으로 생생히 묘사해 독자가 몰입하도록 이끈다. 반면 비문학은 감정을 빼고 객관적인 사실을 전달한다. 이십 년 전 내게 아픈 추억을 준 '바람'을 예로 들어 보자. 인터넷 지식백과에 높새바람을 검색하면 어느 계절에, 어떤 온도에 발생하는지 상세히 적혀 있다. 이것이 설명이다. 아침에 불어오는 바람이 피부에 닿았을 때의 촉감이나 바람에 꽃이 흔들리는 순간의 내 마음을 그 자리에 없는 독자가 느낄 수 있도록 쓰면 묘사다. 좀 단순하게 말하면 비문학은 설명, 문학은 묘사가 핵심이다.

그렇다면 어떻게 해야 묘사를 잘할 수 있을까? 다양한 방법으로 묘사 실력을 키울 수 있겠지만 무엇보다 낱말을 많이 알아야 한다. 어휘력은 글쓰기의 기본이다.

먼저 첫 번째 시간에는 우리말에 얼마나 다양한 표현이 있는지 알아보자. 백문이 불여일먹! 오늘 글쓰기 주제를 과자로 정했으니, 낱말 수집도 먹는 것과 관련된 것으로 시작한다. 맛, 색깔, 냄새, 촉감, 청각 등 오감에 관련된 낱말을 찾아보는 것이다.

먼저 오감과 관련된 낱말을 가득 적는다. 동사, 형용사, 명사 상관 없이 생각이 나는 대로 거침없이 쭉 쓴다. 원하는 표현이 없다면 직접 만들어 볼 수도 있다.

맛과 관련된 낱말

맵다. 매콤하다. 맵싸하다. 짜다. 맵짜다. 짭짤하다. 짭조름하다. 달다.

달달하다. 달콤하다. 달짝지근하다. 달곰쌉쌀하다. 쓰다. 쓰디쓰다.

씁쓸하다. 쌉싸름하다. 시다. 시큼하다. 새콤하다. 새콤새콤하다.

새콤달콤하다. 새큼하다. 새큼새큼하다. 시큼시큼하다. 시큼털털하다.

개운하다. 담백하다. 들큼하다. 밍밍하다. 맹맹하다. 떫다. 떨떠름하다.

[새로 만든 낱말]

딱부하다: 겉은 딱딱한데 속이 부드러운 맛! 우리 동네 인기 제과점

빵을 먹으면 느껴진다.

느담하다: 느끼하면서도 담백하다. 까르보나라 같은 맛이다.

맵달하다: 매운데 단맛이 강하다. 매운 떡볶이, 고춧가루와 물엿이

많이 들어간 멸치볶음 맛이다.

색깔과 관련된 낱말

누리끼리하다. 붉다. 빨갛다. 벌겋다. 발그레하다. 불그죽죽하다.

새빨갛다. 빨긋빨긋하다. 파랗다. 파르스름하다. 푸르다. 푸르스름하다.

짙푸르다. 시퍼렇다. 노랗다. 파랗다. 하얗다.

냄새와 관련된 낱말

비리다. 노린내. 누린내. 쾨쾨하다. 퀴퀴하다. 탄내. 피비린내. 단내.

매캐하다. 고소하다. 싱그럽다. (풀, 바다) 내음. (톡) 쏘다.

소리와 관련된 단어

시끄럽다. (귀가) 따갑다. (개가) 짖는다. (자동차 소리가) 들린다.

(기차가) 달려온다. 뱃고동. (마우스를) 클릭한다.

촉감과 관련된 낱말

까칠까칠하다. 꺼칠꺼칠하다. 까슬까슬하다. 부드럽다.

학생들은 어떤 낱말을 수집했을까? 수집한 낱말을 쭉 훑으면 촉감, 소리, 냄새, 색깔보다 맛에 대한 낱말이 더 많은 것을 확인할 수 있다. 사람들이 냄새나 색깔보다 맛에 더 관심이 많다는 뜻일까? 예를 들어 식당에서 음식을 먹고 그 상황을 묘사한다고 하자. 대부분이 맛이 있는지 없는지를 더 많이 묘사한다. 음식의 색깔과 냄새에 대해서는 맛처럼 자세하게 말하지 않는다. 물론 평소에 색깔이나 냄새에 더 관심이 많은 사람이라면 다른 결과가 나올 수 있다.

낱말 수집이 끝나면 한 명씩 돌아가며 낱말을 말해 보고, 자신이 모르는 단어가 나오면 따로 적어 두자. 또한 친구가 만든 낱말에 주목하며 어떤 맛일지 상상하자.

②
띵동, 글감 배달 왔어요!

맛과 관련한 낱말을 수집하는 동안 입에 침이 고였는가? 그렇다면 이제는 좀더 강한 자극을 줄 차례다. 위가 반응할 정도로 자극을 하면 좀더 좋은 글이 나올 수도 있다.

오감은 직접 겪어야 생생해지는 법이다. 글쓰기를 위해 다양한 경험을 해야 하는 이유다. 어느 유명 작가는 추운 날씨를 묘사하려고 밖에 나가 한참 동안 서 있는다 한다.

하지만 좋은 글을 쓰겠다고 일부러 고통을 겪을 필요는 없다! 예전 어느 방송을 보니, 한 작가 지망생이 도둑의 마음을 느끼겠다고 진짜로 도둑질을 하다가 경찰에 붙잡혔다는 황당한 이야기가 나왔다. 물론 작가 지망생이라는 것은 다 핑계일 수도 있다. 아무튼 핵심은 직접 경험이 부족하면 상상을 하면 된다는 것이다. 책을 읽거나 지인의 이야기를 듣고 간접 경험으로 채울 수 있다. 오히려 자신이 직접 체험하고 그때 느낀 감정을 다 풀어내겠다는 욕심을 부리면, 글이 이상해질 수도 있으니 참고하길.

자, 이제부터 온종일 굶었다는 몹쓸 '상상'을 하고 그 마음을 적어 보자(절대 진짜로 굶지는 말자). 24시간을 굶은 상황에서 가장 먹고 싶은 음식 열 가지를 좋아하는 순서대로 적는다. 그리고 어떤 맛인지, 색깔과 냄새는 어떤지 구체적으로 묘사한다. 앞서 수집한 낱말을 많이 사용할수록 좋다.

내가 먹고 싶은 음식

치킨, 피자, 떡볶이, 짬뽕, 닭갈비, 소갈비, 광어회, 초밥, 쫄면, 냉면

치느님을 위한 단어, 퍼펙트

간장 양념을 해서 누리끼리하면서도 적당하게 익은 닭다리가 눈앞에 있다. 입에 침이 고인다. 튀김옷은 바삭해서 씹는 순간 경쾌한 소리가 귀를 즐겁게 한다. 닭다리의 두툼하면서도 쫄깃한 육질을 한입 베어 물었다. 짭조름하다. 맛있게 짜다는 말이 떠오른다. 살짝 뜨거운 김이 나오면서 코를 자극한다. 청각, 후각, 미각, 시각을 모두 만족시켜 치느님이라 부르나 보다.

달콤하면서도 아삭한 무 한 조각이 없다면 얼마나 치킨이 퍽퍽했을까? 무와 치킨은 베스트 프렌드다. 또 하나의 베프는 역시 콜라 한잔. 콜라를 마시며 치느님이 나의 위장에 잘 들어갈 수 있도록 작별 인사를 한다. 고기와 채소(무)의 적절한 만남으로 영양의 균형까지! 간장 치킨은 밥과도 잘 어울린다. 치킨! 널 위해 이 단어가 존재하는구나! 퍼펙트.

---

③
배가 부르니 글도 잘 써진다

글을 쓰는 동안 입에 침이 고이고, 요동치는 위를 달래느라 힘들었다고? 고생 끝에 낙이 오니, 이제 진짜 과자를 먹을 차례다.

과자 하나를 가져와 눈앞에 놓자. 묘사하는 법은 이미 배웠으니 직접 먹고 글을 쓰면 더 생생할 것이다. 먼저 과자의 색깔, 냄새를 집중해서 살피고 차분하게 묘사한다. 그다음 눈을 지그시 감고 과자를 입에 넣어 맛을 본다. 혀끝으로 맛을 예민하게 느낀 후 어떤 맛인지 적는다. 역시 앞서 수집한 낱말이 세 개 이상 들어가도록 한다. 절대로 '맛있다'라는 표현은 쓰면 안 된다. 어떻게 맛있는 건지 오감을 활용해 묘사하며 그 과자를 한 번도 먹어 보지 않은 사람도 먹고 싶도록 쓰자.

묘사가 끝나면 친구와 돌려 읽으며 덧붙이고 싶은 말을 적는다. 자신과 맛을 다르게 느꼈다면 그 이유도 생각한다.

다음은 초코파이를 글감으로 쓴 글이다.

이것은 천사의 유혹

초코파이를 먹으면 입안에 축제가 펼쳐진다. 첫 번째로 초콜릿이

글감, 지금 네 입 안에 있어

느껴진다. 달달한 향기가 황홀하다. 두 번째 부드러운 빵이 들어온다. 마치 따뜻한 이불을 덮은 것처럼 포근한 식감이다. 세 번째 마시멜로는 천사를 만난 기분이다. 푹신하면서도 따뜻하고 말랑해서 구름을 먹는 것 같다. 이 세 개가 한 번에 입안으로 들어오면 천국이다. 다르게 생각하면 악마와 천사가 동시에 떠오른다. 거침없이 들어오는 초콜릿은 악마, 부드럽고 말랑한 마시멜로는 천사다. 악마가 있어야 천사도 존재하는 법. 그렇게 초콜릿과 마시멜로는 같이 있을 때 빛난다.

직접 먹으니 상상하는 것보다 묘사가 더 쉬울 것이다. 맛과 냄새, 색깔이 확실하게 다른 과자 여러 개를 먹으면 묘사를 더 잘할 수 있다.

④
나는야 광고 천재

텔레비전이나 인터넷에는 지금도 수없이 많은 광고가 나온다. 광고 회사는 유명 배우, 멋진 장소, 음악을 동원해 시선을 끌려 고군분투

한다. 멋진 광고 문구는 화제가 되어 오랫동안 회자되기도 한다. 예를 들어 어느 보험 회사 광고에서 나온 "묻지도 따지지도 않고!"라는 대사는 유행어가 되어 개그 프로그램에서 쓰이기도 했다. 이처럼 광고에서 쓰는 문구를 카피라고 한다. 광고 카피는 상품의 장점, 시장 환경, 경쟁 제품의 장단점, 소비자의 마음까지 잘 헤아려야 쓸 수 있다. 짧은 문구가 큰 울림을 주고 웃음을 유발한다. 마치 시 같다는 생각을 할 때도 많다.

이번에는 광고 회사에 취직했다 상상하고, 과자를 광고하는 카피를 쓰자. 어떤 친구는 치토스를 먹고 이런 카피를 썼다.

치토스

★ **치**사하게 혼자 먹지 말고, **토**론하면서 같이, **스**트레스 날리자!

★ 치토스 먹을래? 새우깡 먹을래? 난 둘 다 먹을래!

재치 만점인 카피로 유명해진 광고를 소개한다.

★ 사람이 우선, 차는 차선입니다: '차가 다니는 길'과 '최선의

다음'이라는 뜻의 동음이의어로 언어유희를 한 카피

* 흡연은 질병입니다. 치료는 금연입니다: 흡연과 금연의 차이를
대비한 보건복지부의 금연 캠페인 슬로건

* 언제나 전력을 다합니다: '전기 에너지'와 '모든 힘'이라는 뜻의
동음이의어로 언어유희를 한 한국전력공사 광고

* 꼭꼭 감아라! 머리카락 빠질라!: 심각한 분위기에서 벗어나
웃음을 유발한 탈모 샴푸 광고

* 침대는 가구가 아닙니다. 과학입니다: 침대의 성능은 고려하지 않고
단순 가구로만 보던 시절에 소비자의 생각을 바꿔 전국적으로 열풍을
일으킨 가구 브랜드 광고

* 요기요: 우리가 자주 쓰는 낱말로 친숙하게 지은 요식업 배달 서비스명

---

⑤

소화될 때까지 쓰고 또 쓴다

세상에는 공짜가 없다고 했다. 맛나게 글감을 먹었으면 소화도 시킬
겸 또 열심히 써볼 차례다.

이번 시간의 글감은 '과자와 관련된 추억'이다. 특정 과자를 먹을 때마다 떠오르는 기억을 진솔하게 적으면 된다. 그 기억이 기쁜 일이든 슬픈 일이든 상관없다. 과자의 냄새를 맡는 순간, 머릿속을 스치는 흐릿한 기억들! 이런 기억들은 글로 적어 놓으면 영원히 잊히지 않는다. 바로 이 점이 글쓰기의 가장 큰 매력이다.

자, 그러면 과자를 가지고 어떻게 글을 쓸까? 먼저 두루뭉술한 낱말 말고 구체적인 과자 이름과 과자를 먹었던 날의 날씨, 과자를 먹었던 곳을 적고 같이 먹은 사람은 누구인지 쓰자. 그다음 과자는 바삭했는지, 냄새는 진했는지, 색깔은 어땠는지, 맛은 좋았는지 자세하게 묘사하자. 다음 예시를 보자.

열 살 때까지 할머니와 시골에 살았다. 부모님은 직장에 다니느라 시내에서 따로 지냈다. 슈퍼라고 말하기에도 민망한, 간판도 없는 작은 상점이 달랑 하나 있는 진짜 산골. 버스가 한 시간에 한 대씩 다녔다. 시내에 나가기 쉽지 않아 과자는 상점에서 사야 했다. 그곳은 나에게 천국과 같은 곳이었다. 지금 생각해 보면 종류도 별로 없고, 유통 기한이 지나 먼지가 묻은 과자도 있었다.

그중에는 새우깡을 비롯해 양파링, 자갈치 같은 과자가 많았다. 그때 새우깡이 얼마였는지는 기억이 정확하지 않다. 어쨌든 돈도 많지 않은데 과자가 엄청 먹고 싶은 날이면 집 안 곳곳을 뒤져 동전을 찾았다. 그러다가 정말 운 좋게 500원짜리 동전을 발견하면 신대륙을 찾은 콜럼버스마냥 기뻐하며 상점으로 달려갔다. 동네 어른에게 용돈이라도 받은 날은 그야말로 횡재한 하루였다. 과자를 너무 자주 사러 가는 게 민망해서 누나와 번갈아 간 적도 있다.

가끔 할머니가 밭에 일하러 가서 간식으로 받은 빵이나 과자를 가져오면 정말 기뻤다. 과자를 한 번에 다 먹는 것은 아쉬워서 누나와 게임을 해서 이긴 사람이 하나씩 먹었다. 그러면 시간도 잘 가고, 과자를 많이 먹은 것처럼 배가 불렀다.

새우깡, 양파링 등 우리나라 사람이면 누구나 아는 과자를 등장시켜 몰입하기 쉬운 글이다. 할머니가 간식으로 받은 과자를 갖다 준 이야기가 생생한 것이 큰 장점이다. 부모님과 떨어져 사는 꼬마에게 과자와 할머니가 어떤 의미인지 생각하다 보니 마음이 조금 떨리기도 한다.

이 글을 좀더 살아 있는 이야기로 만드는 방법이 있을까? 그때 먹은 새우깡과 양파링 맛을 묘사했다면, 누나와 무슨 놀이를 어떻게 했는지 썼다면 더 와닿는 이야기가 될 수 있겠다. 또한 '행복하다', '싫다', '미웠다' 등 감정을 직접적으로 드러내는 낱말을 많이 쓰지 말고, 행복한 상황을 보여 주는 것이 더 좋다. 설명문, 신문 기사 등 비문학에서는 직접 설명하는 낱말을 쓰지만, 문학은 앞에서 말했듯이 상황이나 마음을 묘사해야 독자가 공감한다. 직접 말하기 telling보다는 보여 주기showing가 중요하다. 예를 들어 '할머니가 과자를 가져오면 행복했다'를 '할머니가 과자를 가져올지 몰라 저녁이 되면 마을 어귀에서 할머니를 기다렸다'로 바꿀 수 있다. 이렇게 표현하면 독자에게 꼬마의 마음이 잘 전달될 것이다.

이 글이 더 감동적이려면 주제가 명확해야 한다. 지금은 과자에 대한 에피소드를 나열하고 있을 뿐이다. 예를 들어 과자를 숨겼다가 주말에 오는 부모님에게 주려고 한 이야기, 옆집에 사는 친구에게 주려고 먹고 싶은 걸 참는 이야기가 나오면 주제가 선명해지고 몰입이 더 되었을 것이다. 물론 잔잔한 감동도 줄 수 있다.

오늘도 끄적거리며 놀자

★ 밖으로 나가서 산책하며 바람, 하늘의 색깔, 햇빛의 강도 등을 느끼고 날씨를 묘사하자. 그다음은 인터넷에서 검색해 기온, 구름양, 미세먼지 농도, 습도를 정확히 설명하자. 마지막으로 자신이 쓴 글을 보며 묘사와 설명의 차이를 생각해 보자.

★ 오늘 점심에 먹은 음식을 적고, 색깔, 냄새, 맛을 묘사해 보자.

3

써봤니! 예능 감상문?

세상에서 가장 쉬운 감상문 쓰기

내 직업은 소설가다. 출간한 책을 가끔 인터넷에 검색해 보는데, 연관 검색어에 책 제목과 함께 줄거리, 독후감이 빠지지 않는다. 수행평가로 독서 감상문을 써야 하는데, 읽지 않고 쓰려다 보니 인터넷에 도움을 청한 것이다.

독서 감상문은 대회도 많고 수행평가도 있어서 학생들이 가장 많이 쓰는 글이다. 학교에 특강을 가도 어떻게 하면 독서 감상문을 잘 쓸 수 있는지 질문하는 학생이 제법 많다. 그런데 많은 학생이 독서 감상문 쓰기를 싫어한다. 쓰라고 하니 어쩔 수 없이 검색을 해서 줄거리만 나열하는 학생이 태반이다. 그 마음을 충분히 이해할 수 있다. 왜냐하면 나도 그 나이 때 그랬으니까.

왜 독서 감상문 쓰기를 싫어했는지 돌이켜 보니, 교훈을 주며 끝나야 한다는 고정관념이 있었던 것 같다. 이 책을 읽고 내가 이렇게 성장했고, 주인공을 닮아 훌륭한 사람이 되겠다고 적어야 할 것 같은 압박! 책을 읽게 된 계기를 쓰는 것도 싫었다. 선생님이 읽으라 해서 읽었다 쓸 수는 없지 않은가. 도서관에서 우연히 책을 발견해 읽다 보니 나도 모르게 빠져들었다고 거짓말을 쓸 때, 재미없는 책을 그만 읽고 싶었다고 사실대로 쓸 수 없을 때 너무 답답했다.

감상문은 가장 쉽게 쓸 수 있는 글이라 꾸준하게 쓰면 글쓰기 실력이 좋아진다. 하지만 지금처럼 억지로 쓰게 하면 오히려 글쓰기와 멀어지는 역효과가 난다. 어떻게 해야 흥미는 잃지 않으면서 감상문을 쓸 수 있을까?

그래서 이번 시간에는 감상문의 방향을 바꿔 보기로 하자. 책이 아닌 방송 감상문을 쓰는 것이다. 꼭 책을 읽고 감상문을 써야 하는 법은 없으니 본인이 좋아하는 예능, 유튜브 영상, 웹툰을 보고 감상문을 쓴다.

흥미로운 글감으로 뭐라도 쓰다 보면 글쓰기를 즐기게 되고, 그러다 보면 자연스럽게 책과 친해진다. 그때부터는 강요하지 않아도 스스로 감상문을 쓰게 된다. 이런 현상을 선순환이라 한다. 시작을 잘 이끌면 좋은 방향으로 계속 흘러가서 멋진 결과를 만들어 내는 것이다. 반대는 당연히 악순환이다. 현재 청소년들의 글쓰기와 독서는 악순환에 빠진 것 같아 안타깝다.

나도 스타 프로듀서

방송을 기획하고 제작하는 연출자를 영어로는 프로듀서producer 줄여서 PD라고 한다. 화면 밖에만 있던 연출자가 최근에는 방송에 출연해 연예인 못지않은 인기를 누리기도 한다. 연출자는 앞으로 지금보다 더 인기 있는 직업이 될 것이다. 또 군이 방송국에 입사하지 않아도 1인 방송으로 누구나 연출자가 되는 시대가 열렸으니 관심 있는 사람은 도전해 볼 만하다.

자신이 연출자가 되어 방송 프로그램을 위해 기획안을 써야 한다고 해보자. 시사 교양, 드라마, 예능 등 어느 장르를 해도 상관 없지만 프로그램 제목과 의도, 구성, 방송 시간 등을 구체적으로 짜고 출연할 연예인도 캐스팅해야 한다. 흥미가 있다면 1인 방송 기획도 가능하다.

기획서에는 다음의 내용이 들어가야 한다.

프로그램 제목, 장르

예능인지 교양인지 드라마인지 장르를 밝히고, 그에 따라 흥미를 끄는 제목을 짓는다.

기획 의도, 목적

이 프로그램을 왜 만들어야 하는지, 방송했을 때 효과는 어떤지, 다른 프로그램과의 차별점은 무엇인지 밝힌다.

출연자

방송을 가장 잘 살릴 수 있는 출연자를 정한다. 예능이라면 주요 진행자와 보조 진행자를 구분한다. 왜 이 출연자를 선택했는지도 밝히자.

구성, 내용

어떤 방식으로 이야기가 흘러가고 내용은 어떠한지 간략하게 적는다.

방송 시간대

주요 시청자의 특성을 분석해 맞는 시간대에 방송한다. 예능인지 교양인지도 고려할 요소다. 프로그램 공식 홈페이지에 들어가면 기획 의도 등이 적혀 있으니 참고하면 좋다.

기획안을 작성한 후에는 친구와 함께 읽고, 기획의 장단점에 대해서 의견을 나누자. 다음은 평소 교양 프로그램에 관심이 많은 학생이 작성한 기획안이다.

프로그램 제목, 장르

〈체인지〉. 시청자 참여 관찰 교양 예능 프로그램.

기획 의도

부모와 자녀가 입장을 바꿔 학교와 회사로 간다. 다양한 경험을 통해

서로를 이해하고, 나아가 세대 간 소통을 할 수 있다. 웃음과 감동을 모두

잡는 유쾌한 예능 프로그램이다.

구성, 내용

★ 부모

부모가 교복을 입고 자녀의 학교에 가서 며칠 동안 시험 준비를 하는

과정을 관찰 카메라로 담는다. 수업을 마치고 밤에는 학원에 간다.

집에서는 숙제와 수행평가를 한다. 이 과정을 통해 왕따 문제, 성적

고민이 얼마나 심각한지 조금씩 알아가며 자녀를 이해한다. 학생들과

소통하기 위해 신조어를 공부하고 가장 인기 있는 게임을 배우는 등

고군분투하는 부모의 모습이 웃음을 준다. 체고, 외고, 요리고, 미용고 등

다양한 학교의 모습도 소개한다.

★ 자녀

자녀는 출근 시간에 맞춰 한 시간씩 걸리는 부모의 회사에 간다.

영업직인 아버지나 마트에서 계산하는 엄마를 대신해 일하며 부모님이 얼마나 힘든지 깨닫는다. 다양한 직업을 체험하고, 청소년이 어른의 세계를 간접 경험할 수 있다. 손님이 몰리는 시간에 정신 없이 계산하는 모습이 치열한 현실을 알려 주고, 다음부터는 마트에서 일하는 노동자에게 예의를 갖추고 대해야겠다는 교훈도 준다.

출연자, 방송 시간대
담임 선생님은 김숙, 학교 반장은 황광희, 회사 작업 반장은 강유미. 방송 시간은 토요일 저녁 7시로 전 연령대가 시청 가능한 프로그램이라 오후 시간에 편성한다.

기획안을 작성하며 자신이 즐겨 보는 방송이 어떤 의도로 만들어졌는지, 의미는 무엇인지 좀더 깊이 들여다봤다. 이제는 책보다 영상을 더 많이 접하는 시대다. 이렇게 영상과 관련해서 꾸준히 글을 쓰다 보면 자신만의 안목이 생기고 주체적인 시청자, 관객이 될 것이다.

댓글, 댓글을 달자!

앞서 우리는 프로그램 기획안을 작성하며 방송을 입체적으로 보는 법을 배웠다. 이렇게 키운 냉정한 시각을 바탕으로 무엇을 할 수 있냐고? 방송의 문제점이나 조언하고 싶은 점을 댓글로 남기는 것은 어떨까?

　누구나 무심코 뉴스 기사를 봤다가 아래 달린 댓글이 너무 참신해서 한참 동안 웃은 경험이 있을 것이다. 댓글 다는 학원이 있다는 우스갯소리를 할 만큼 이제는 댓글을 잘 다는 능력도 중요하다. 그리고 이 또한 글쓰기 실력, 즉 상상력이 좋아야 한다.

　먼저 지난주에 본 프로그램 하나를 떠올려 보자. 너무 많아서 고를 수 없다면 가장 기억에 남는 프로그램 다섯 가지를 우선 추려내고 그중 하나를 고른다. 시간 가는 줄 모르게 빠져든 프로그램은 무엇인가? 반대로 시간 가는 것을 정확히 알 만큼 지루해서 채널을 돌린 프로그램은 무엇인가? 금방 답이 나올 것이다.

　자, 잘되는 프로그램에는 사람들이 알아서 칭찬 댓글을 달 테니, 우리는 재미없는 방송을 좀더 잘 만들라는 격려의 글을 남기도록 하자. 재미없게 본 프로그램에 대한 글을 쓰고 친구와 의견을 나눈다. 단, 우리는 악플러가 아니니 근거를 제시해야 한다.

다음은 어떤 코미디 프로그램을 한 주도 안 빠지고 시청하는 학생이 남긴 글이다.

내가 좋아하던 개그 프로그램

초등학생 때, 한 개그 프로그램을 보며 일요일 밤을 보냈다. 월요일을 시작해야 하는 학생들을 위로하는 좋은 약 같았다. 엔딩 음악이 흘러나오면 왜 그렇게 슬프던지! 차라리 금요일이나 토요일에 한다면 맘껏 즐길 수 있을 것 같았다. 그 프로그램을 봐야 최신 유머 코드를 알 수 있을 만큼 영향력이 대단했다.

하지만 지금 같은 프로그램을 보면 깊은 한숨이 나온다. 왜? 재미가 없다. 어디서 웃어야 할지 모르겠고, 가끔 민망해서 부끄러울 때도 있다. 유튜브에 나오는 일반인이 더 웃길 때가 많다.

신문을 보니 인터넷이나 케이블 방송과 다르게 지상파 방송은 규제가 많아 웃음을 주는 데 한계가 있다고 한다. 시대가 변하니까 그것에 맞게 더 많이 고민해야 시청자들이 좋아할 것 같다. 남을 웃기는 것은 쉽지 않다. 모든 개그맨, 개그우먼 파이팅!

쓰자! 예능 감상문

이제 수업을 마무리할 시간으로, 역시 짧은 글을 쓸 차례다. 앞에서 프로그램 기획안과 댓글을 썼다면 이를 바탕으로 예능 감상문을 쓰려 한다. 예능 감상문? 이름만 들어서는 어떤 글인지 감이 잘 안 올 테지만 생각보다 쓰기 쉽다.

지난주에 시청한 프로그램 중에서 감동 또는 웃음을 준 프로그램을 고른다. 친구에게 소개하고 싶은 프로그램이면 더 좋다. 머릿속에 하나가 떠올랐다면 감상문을 쓴다. 쓰는 방법은 독서 감상문과 똑같다. 마지막에는 독서 감상문과의 차이도 짧게 적어 보자.

다음은 〈수미네 반찬〉이란 요리 프로그램을 보며 꿈을 키우는 한 친구의 감상문이다.

나의 교육 방송, 같이 볼래요?

요리를 좋아해 음식 관련 방송을 다 찾아 본다. 출연하는 셰프가

대부분 남자다. 우리 집을 비롯해 많은 집에서 음식은 거의 여자 몫이다.

명절에도 부엌에서 온종일 재료 다듬고, 전 부치고, 설거지하는 사람은

여자인데 방송에 나오는 셰프는 왜 남자일까? 조선시대 궁궐에서 요리를

한 사람도 남자라고 하던데, 그런 이야기를 들으면 나도 요리를 잘할 수 있을 것 같다. 아빠 말을 들어 보면 이십 년 전에는 요리 잘하는 남자는 방송에 나오지 않았다고 한다. 뭐든 변하나 보다. 다행이다. 예전에는 남자 미용사도 많지 않아 사람들이 호기심 있게 봤다고 하는데 요즘은 남자 미용사도 많으니까.

요리 방송 중에서 〈수미네 반찬〉이 가장 좋다. 왜냐하면 다른 방송들은 재료나 조리 도구를 구하기 힘들어 따라 할 수 없다. 그리고 다른 방송에 소개되는 음식은 사람에 따라 좋아하지 않을 수도 있는데 〈수미네 반찬〉에 나오는 음식은 누구나 다 좋아한다. 무엇보다 친숙해서 만들기 쉽다.

〈수미네 반찬〉이 좋은 다른 이유는 편하다는 것이다. 김수미 할머니가 집에서 요리하듯이 설명해 쉽게 알아들을 수 있다. 양념도 계량스푼으로 정확하게 재지 않고 한 줌 또는 조금만 넣으라고 해서 정말 재미있다. 손맛이 뭔지 알 것 같다.

나는 한식 요리사가 되고 싶다. 피자, 스파게티 같은 서양 음식보다 밥이 좋다. 그 이유는 모르겠다. 사람들은 나에게 요리에 재능이 있다고 한다. 음식을 먹을 때면 어떻게 만들었는지가 궁금하다. 심지어 식당에서 원가가 얼마나 되는지 물어본 적도 있다. 그럴 때마다 부모님은 창피하다고 밥만 먹으라고 한다.

한식에 관심이 많아 〈수미네 반찬〉이 더 좋다. 특히 일본에 가서 교포들에게 반찬을 싸게 파는 에피소드를 볼 때 울컥했다. 나도 외국에 한식을 널리 알리는 셰프가 되겠다고 다짐했다. 유명한 셰프가 되면 1인 방송을 시작해 저렴한 재료로 쉽게 음식을 만드는 비법을 전할 것이다.

주제가 선명하고 프로그램을 자신의 꿈으로 연결하는 부분이 좋은 감상문이다. 좋아하는 글감이라 더 글쓰기에 몰입할 수 있었을 것이다. 특히 진심이 전해져 읽는 동안 마음이 따스했다. 문장, 구성도 중요하지만 얼마나 진정성이 담겼는지가 더 눈여겨볼 부분이다 (물론 사람마다 중요하게 보는 부분은 다를 것이다).

시작부터 요리 방송에 남자 셰프만 나오는 점을 문제 제기하면서 몰입하도록 이끈 것도 장점이다. 글을 시작할 때 독자의 호기심을 자극하거나 재미를 주는 이야기가 있으면 좋다. 독자는 앞이 지루하면 읽다가 금방 덮는다. 계속해서 읽도록 긴장감과 재미를 유지하는 것이 중요하다.

이 글에는 청소년은 자신의 꿈을 생각해 보고, 어른은 청소년기를 떠올리게 하는 강한 힘이 있다. 다만 요리 방송 감상문답게 자신이 어떤 음식을 잘하는지, 그 맛은 어떤지 구체적으로 묘사하면 더 좋았을 것이다. 요리를 직접 하면서 느낀 점도 없어서 많이 아쉽다.

그 부분이 있다면 더 감동적일 수 있을 것이다.

그런데도 이 글에는 학생의 생각, 사소한 경험이 담겨 있어서 좋다. 왜 글에 글쓴이의 생각, 마음이 잘 담겨야 하는지 묻는 학생이 있다. 생각, 마음이 같은 사람이 세상에 여러 명 존재할 수 있을까? 세상에 그런 사람은 절대 없다. 생각은 그 사람의 성별, 나이, 사는 곳, 가정 환경, 경제력, 외모, 성격 등 여러 가지에 따라서 달라지기 때문이다. 환경이 똑같은 쌍둥이도 생각과 마음이 다른 법이다. 세상에 똑같은 글은 절대 있을 수 없다. 비슷한 것은 가짜라는 말도 있다. 자신이 쓴 글은 세상에 단 하나뿐인 한정판 아이템이다. 그래서 소중하다.

그렇다면 예능 감상문은 독서 감상문과 과연 어떤 점이 다를까? 학생들은 독서 감상문은 책을 읽어야 쓸 수 있고, 왠지 마무리를 큰 깨달음을 얻었다고 해야 할 것 같아 쓰는 재미가 없다고 털어놓았다. 선생님이 읽는 글이라서 진심을 담을 수도 없단다. 또 친구가 쓴 독서 감상문이 재밌었던 적도 없다고 했다. 자신은 그 책을 읽지 않아 내용을 모르기 때문이다.

반면 예능 감상문은 쓰기 편했고, 할 말이 많아 이것저것 쓰고 싶었다는 반응이었다. 그렇기 때문에 진심이 들어갈 수 있었을 것이다. 다른 친구가 쓴 예능 감상문을 읽는 재미도 쏠쏠했단다. 웬만한 예능 프로그램은 대부분 보았기 때문에 자신과 생각이 얼마나 비숫한지, 다른 점은 무엇인지 궁금한 모양이다.

이렇듯 같은 감상문이라 해도 책을 읽고 쓰는 것과 예능 프로그램을 보고 쓰는 것은 난이도가 다르다. 처음에는 흥미로운 것부터 쓰기 시작하자. 그래야 쉽다. 자연스레 감상문 쓰기가 즐거워질 것이다.

오늘도 끄적거리며 놀자

★ 드라마로 제작하고 싶은 이야기를 구성안으로 만들고, 캐스팅하고 싶은 연예인을 찾아보자. 물론 그 이유도 함께 적어야 한다.

★ 최근 본 영화가 있다면 포털 사이트 영화 코너에 들어가 비평가의 감상을 읽고, 자신의 느낌을 한 줄 감상평으로 남기자.

4

책 안 읽어도 독서 덕후

책 제목으로 스토리 짜기

*

독서 모임 시간의 일이다. 한 달에 책을 얼마나 읽는지 물었더니 한 권도 안 읽는 학생이 대부분이었다. 반대로 어떤 학생은 소설을 읽고 있으면 "한가하냐? 그 시간에 문제집이나 풀어라!"라며 눈총을 주는 어른이 많아서 숨어서 볼 때도 있다고 하소연을 했다. 일종의 독서 박해를 당한 셈이다.

스마트폰만 켜면 재미있는 영상이 넘쳐 나고, 자신이 콘텐츠를 기획, 출연하고 촬영까지 해서 공유하는 1인 미디어 시대다. 이런 세상에 책이 참 낡은 매체라는 생각도 든다. 하지만 여전히 국민들이 독서를 많이 하는 나라가 있는 반면 유독 우리나라 사람들이 책을 멀리하고 있는 것도 사실이다. 한국이 OECD 국가 중에서 책을 가장 안 읽는다는 소식부터, 학교에서 책을 읽으면 진지한 척한다며 '책따'를 당한다는 뉴스까지 안 좋은 이야기가 연일 보도된다. 왜 그럴까?

지금의 청소년은 입시 위주 교육을 받느라 책 볼 시간이 없다. 특히 우리나라는 독서에 교육이라는 무시무시한 낱말을 붙여 놓으니 아이들이 책을 교과서처럼 생각한다. 성인은 취직 준비하랴, 취업 후에는 야근하랴 피곤한데 진지한 문제의식을 던지는 책을 가까이

할 힘이 없다. 책을 유튜브 영상 보듯 즐겁게 시간을 보내는 매체로 접근했다면 지금과 같은 처참한 독서 현실은 나타나지 않았을 텐데. 안타깝다.

책을 안 읽으니, 글쓰기를 싫어하는 것도 당연하다. 책 읽기와 글쓰기는 비례한다. 많이 읽으면 쓰고 싶은 욕구가 생기고, 쓰다 보면 좋은 책을 고르는 눈이 생겨 더 많이 읽는 선순환이 일어난다. 그렇다면 이번 시간에는 책 읽기와 글쓰기, 두 가지를 같이 해보면 어떨까? 따분한 독서 감상문을 쓰라고 하지 않을 테니, 터져 나오려는 한숨은 참아 주길 바라며!

①
제목만 쏙쏙 골라서!

최근 도서관에 간 적이 있는가? 문제집을 풀면서 공부만 하느라 무슨 책이 있는지 살펴본 적이 없다면 솔직히 도서관에 가지 않은 것과 같다. 외국은 도서관에서 책을 읽고 다양한 문화 행사에 참여하는데 이상하게 우리나라에서는 도서관을 공부하는 곳으로 오해한다. 도서관에서 책을 읽고 싶어도 공부하는 사람이 너무 많아 빈자리가 없을 때도 있다. 도서관에 잘 가지도 않고, 가더라도 책을 읽지 않으니 자신이 좋아하는 분야의 책이 얼마나 출간되고 있는지도 모른다.

먼저 책을 가까이 하려면 자신이 좋아하는 책이 얼마나 많은지 알아야 한다. 오늘은 첫 번째로 도서관에 가서 자신이 좋아하는 분야의 책을 살피자. 예상보다 많은 책이 있을 것이다. 책을 열 권 이상 꺼내서 제목을 연결해 짧은 이야기를 만드는 것이 오늘의 글쓰기다.

다음은 외국 청소년 문학에 관심이 많은 학생이 책 제목들을 이어가며 쓴 글이다. 서정적인 분위기가 물씬 풍기고, 소리에 집중하며 이야기를 풀어내 청각을 자극한다.

혼자일 때만 들리는 소리가 있다. 하얀 까마귀의 울음소리, **벽 속의 요정**이 벽을 긁는 소리, **스티커 토끼**의 발소리, 종이 인형이 말을 거는 소리. 꼭꼭 숨어라 한마디에 웃음이 끊이지 않던 **요정의 나라**에 가서 **꽃으로 만든 소시지**를 먹을 수 있던 **우리가 함께한 여름**. 조용조용 **약속하는 너와 나의 말소리**, '일단 뛰어!'라고 **별빛 아이**가 말하는 소리.

다음은 다이어트에 관심이 많은 학생이 쓴 시다.

책 안 읽어도 독서 덕후

밀가루 똥배를 보니 한숨이 나온다.

내 몸에 똥보균이 사나 보다.

굿바이 팔뚝 살을 외치고 싶다.

과자, 내 아이를 해치는 달콤한 유혹인데 나는 왜 과자를 끊지 못할까?

다시는 살 안찌는 체질로 바꿔 달라고 말하고 싶다.

하루 먹고 하루 굶기 어떻게 실천하지?

식욕의 배신

당신의 배고픔은 착각이다.

하루 한 끼의 기적.

잊지 말자. 음식이 병을 만들고 음식이 병을 고친다!

다이어트 책 제목들이 유쾌해 시선을 끈다. 기승전결을 만들어 내는 능력이 탁월해 읽는 재미가 있는 글이다.

학생들은 제목만으로도 충분히 짧은 이야기를 만들 수 있다며, 책 제목이 다양하다고 입을 모았다. 작가나 출판사가 책 제목을 정할 때 얼마나 고민을 많이 하는지 알아주면 좋겠다. 꼭 전문가가 아니더라도 글을 쓸 때 제목을 호기심이 가거나 재미있게 지어 시선을 끌면 좋다.

②
새로 쓴 콩쥐팥쥐전

두 번째 시간에는 이야기의 주인공들을 눈여겨보자. 대한민국 사람이라면 누구나 아는 주인공은 누가 있을까? 콩쥐, 팥쥐, 놀부, 흥부, 옹고집 그리고 백설 공주가 떠오른다.《콩쥐팥쥐전》,《흥부전》,《옹고집전》모두 캐릭터가 인상적이라서 기억되는 작품이다.

캐릭터는 주인공, 인물과는 다른 뜻으로, 인물이 가진 독특한 성격을 뜻한다. 누군가에게 놀부라고 하면 인정사정없이 돈만 모으는 사람을 조롱하는 말이다. 많은 사람에게 기억되는 캐릭터는 사건과 상황만 바꿔 계속해서 활용할 수 있다. 어쩌면 이야기의 성공 여부는 캐릭터가 좌우한다고 해도 과언이 아니다. 한때 인기를 끈 시트콤들 또한 캐릭터가 이끌어 갔다. 나도 책을 여러 권 썼으나 안타깝게도 유명한 캐릭터를 만들지는 못했다. 그만큼 많은 사람에게 사랑받는 캐릭터를 만들기는 힘들다.

여기서 잠깐! 캐릭터로 유명한《심청전》,《콩쥐팥쥐전》을 흔히 전래 동화라 한다. 이 '전래 동화'라는 말이 정확한 표현일까? 단어 조합이 좀 이상하다. 전래라는 단어는 옛이야기라는 뜻이고, 동화는 어린이가 읽을 수 있도록 바꿨다는 뜻이다. 옛이야기는 옛날부터 지금까지 사람들의 입을 통해 전해 오는 이야기로, 인간의 욕망이 노골적으로 드러난다. 어린이가 읽기 적합하지 않은 수준이다. 예를 들어 《신데렐라》는 사실 우리가 아는 아름다운 결말과 달리 원작은 어른이 읽어도 충격을 받을 만큼 잔인하다. 《잠자는 숲속의 공주》도 마찬가지다. 그런 까닭에 옛이야기를 어린이의 시선에 맞게 바꾼 것을 따로 전래 동화라 말하고 있다.

이번 시간에는 전래 동화 제목을 새로 지어 보자. 책을 읽지 않은 사람도 줄거리와 주인공을 알고 있는 유명한 이야기의 제목을 바꾸고, 그 이유를 짧게 적는다. 오늘의 시각으로 해석하면 자신도 모르게 새 제목이 술술 나오고 멋진 생각이 떠오를 것이다.

★ 콩쥐팥쥐전: 착한 소녀 생존기. 팥쥐도 할 말이 있다! 외모 지상주의 피해자.

★ 흥부전: 한 명만 낳아 잘 키우자! 놀부 보쌈 사장님의 흑역사. 흥부는 다산의 상징, 우리 시대의 애국자. 복은 언제 오나요? 권선징악은 거짓부렁이야!

★ 백설 공주와 일곱 난쟁이: 사과는 유기농이 최고야! 새엄마는 억울해!

★ 옹고집전: 저축왕 탄생. 조선시대 핵아싸. 똥고집의 변명.

★ 심청전: 수영 국가 대표. 불효녀는 웁니다!

이 참신한 제목들에는 《흥부전》과 《심청전》을 요즘 시선으로 어떻게 해석할지가 담겨 있다. 《흥부전》, 《심청전》 같은 이야기는 조선 시대 국가가 지향하는 생각을 고스란히 반영한 작품이다. 《흥부전》은 힘들지만 열심히 살면 언젠가는 복을 받고 죄를 지으면 벌을 받는다는 권선징악이 주제다. 하지만 그 생각이 현실에서도 적용이 되었을까? 어쩌면 권선징악이 작동하지 않는 세상이라서, 백성이 불만을 가지지 않게 하려고 더욱 권선징악을 강조한 것은 아닐까? 또 심청이의 행동은 자식과 부모 모두 복을 받도록 효도하라 강조하고 있다. 목숨을 버리는 것이 과연 진정한 효도일까? 효도를 강조한 옛이야기가 유독 많은 것은 왜일까? 부모라는 존재를 좀더 확대하면 왕을 뜻할 수도 있으니, 왕에게 충성을 하라는 뜻을 숨겨 놓은 것은 아닐까?

③
그림책은 억울해!

수업 시간에 함께 책을 읽고 토론하는 것이 가장 좋지만, 현실적으로 시간도 부족하고 지루한 독서는 집중력을 떨어트린다. 그래도 수업을 진행하려면 함께 책을 읽어야 하는 순간이 온다. 이럴 때는 그림책 읽기를 추천한다. 분량이 아주 적어 그 자리에서 함께 읽을 수 있고, 그림이 흥미를 자극해 몰입을 높인다. 두꺼운 책 한 권을 읽은 것 이상으로 주제나 문제의식이 들어 있어 깊은 토론도 가능하다. 나는 실제 대학생과 그림책을 읽는 모임을 진행하기도 했는데, 성인인 대학생들도 그림책에 이렇게 심오한 이야기가 담겨 있는지 몰랐다는 반응을 보였다.

우리나라 사람은 대부분 그림책을 아기들이 읽는 유치한 책이라 생각한다. 이런 잘못된 고정관념은 그림책 입장에서는 억울한 일이다. 그림책은 글은 적지만 그 빈 공간을 그림과 다양한 색깔로 채워 상상하는 재미가 있다. 그런 까닭에 다른 나라에서는 나이에 상관없이 많이 읽고, 심리 치료 교재로도 활용한다. 답답한 군 생활에 지친 군인과 성적 경쟁에 시달리는 학생에게 그림책을 추천하는 전문가도 많다.

글만 읽지 말고 그림과 빈 공간에 집중하며 맘껏 상상을 하자. 우선 돌아가면서 한 문장씩 읽는다. 이렇게 세 번을 반복한다. 그래야 자기 차례를 기다리며 집중할 수 있다. 그다음에는 그림책과 관련한 경험을 짧게 쓴다. 이때 글쓴이 이름은 적지 않고, 친구들과 돌려 읽으며 누가 썼는지 맞춰 본다. 선입견 없이 글을 읽으면 평소보다 더 몰입할 것이다.

실제 수업 시간에 함께 읽은 그림책은 《록사벅슨》(고슴도치, 2005)으로, 록사벅슨이란 모래 언덕에서 즐겁게 논 어린 시절과 친구들을 추억하는 내용이다. 어른도 유년기로 돌아가 추억을 떠올리게 하는 작품이다. 인상적인 소감문을 하나 소개한다.

일곱 살, 놀이터에서 나는

일곱 살 때 놀이터에서 뛰어논 것보다 더 재미있고 행복했던 기억은 별로

없다. 그 시절 나는 걱정과 두려움, 스트레스도 없었다. 걱정은 딱 하나.

내일은 뭘 하고 놀지가 가장 큰 걱정이었던 나의 일곱 살 시절.

내가 주로 놀았던 곳은 아파트 단지 작은 놀이터. 철도 아파트라

불렀는데 철도 노동자가 많이 살았기 때문이다. 그네와 시소, 미끄럼틀이

있는 작은 놀이터에서 나는 앞집에 사는 누나와 형 그리고 동생과

매일 만나 놀았다. 행복한 추억이 별로 없는 나에게는 몇 안 되는 오래

기억하고 싶은 장소다. 날씨가 맑은 날에는 추억의 카드 게임 유희왕을

했고, 형들과 모래를 쌓아 성을 만들고, 물을 부어서 호수를 만들어

나뭇잎을 띄우며 놀았다. 비가 오는 날은 우산을 가져다 걸쳐서 우산

집을 만들고 그 안에 들어가 과자를 먹으며 이야기를 나눴다.

그러던 어느 날 놀이터에 갔더니 경비원 아저씨가 아파트 단지 아이가

아니면 놀 수 없다고 나를 막았다. 일곱 살에 처음으로 사회의 부당함을

느꼈다. 그러나 나는 포기하지 않았고 몰래 담을 넘어 들어갔다.

경비 아저씨가 내 얼굴을 알 정도로 그곳에서 놀았고 매일 아저씨를 피해 다니는 것도 나에게는 짜릿한 놀이였다. 나는 '괴물 피하기'라고 이름 붙였다. 물론 잡히면 놀이터 밖으로 쫓겨난다. 지금 생각하면 왜 이렇게 매일 놀았을까, 힘들지 않았나 싶다.

여러분은 이 글을 어떻게 읽었는지 궁금하다. 내 생각을 말하면, 이 글의 가장 큰 매력은 생생함이다. 일곱 살 꼬마의 고민이 잘 담겨 있고, 주제도 명확하다. 단순하게 놀이터에서 무슨 놀이를 했는지를 썼다면 주제가 약했을 텐데, 어린이 캐릭터 덕분에 주제가 단단해졌다. 아저씨가 막는다고 포기하지 않는 어린이가 주체적이라 빠져든다.

좋은 글에는 사회 시스템에 굴복해서 포기하는 주인공이 아니라 의지를 갖고 움직이는 인물이 나온다. 우리는 그런 주인공에게 몰입하고, 그때 느끼는 통쾌함을 대리 만족이라 한다. 자신은 현실에서 그렇게 하지 못하지만 이야기 속의 주인공은 당당하게 해내기 때문에 만족감을 느끼는 법. 소설, 영화, 드라마의 인물이 사람들에게 대리 만족을 주면 인기 있는 작품이 된다. 학교에 다니지 않아도 꿈을 이룰 수 있도록 계획을 탄탄하게 세운 청소년이 당당하게 자퇴를 해서 하고 싶은 일을 한다면? 독자는 환호를 하며 인물에게 집중한다. 하지만 엄마가 자퇴를 말려서, 주인공이 착한 아이 콤플렉스에 시달려서 어쩔 수 없이 학교에 가 잠이나 자고 재능을 썩힌다면? 독자는 고구마 같은 전개라며 책을 덮어 버릴 것이다. 지금까지 우리가 드라마, 영화, 책에 나오는 인물 중에 어떤 인물에게 몰입하며 응원을 보냈는지 생각해 보면 답이 나온다.

오늘도 끄적거리며 놀자

★ 거리에 있는 간판 열 개를 살펴보고 그 간판에 적힌 단어들을 연결해서 멋진 이야기를 만들어 보자.

★ 타임머신을 타고 열 살 때로 돌아간다면 가장 해보고 싶은 일과 가보고 싶은 장소를 구체적으로 써보자.

5

해피엔딩, 새드엔딩

그것이 문제로다

문장 릴레이로 소설 맛보기

*

주변에 늘 사람이 많은 극작가 후배가 한 명 있다. 이 후배는 희곡을 쓰면 연출자와 만나 수정 방향을 의논하고 많은 배우, 스태프와 함께 연습을 한다. 여럿이 소통하며 하는 공동 작업이라 외롭지는 않을 것 같다. 물론 의견이 달라서 마음이 상할 때도 있을 테지만, 또 성장하는 계기가 되기도 할 것이다.

외국에서는 소설도 공동 창작하는 경우가 있다. 하지만 우리나라에서는 흔치 않다. 나를 비롯해 주변의 소설가들 대부분이 혼자 작품을 쓴다. 그러다 보니 애초에 방향이 잘못되면 새로 써야 하는 위험성이 있다. 나 또한 2년 전에 쓴 장편이 처음부터 방향이 잘못되었다는 것을 완성 후에야 알았고 결국 출간을 포기한 적이 있다. 이처럼 글쓰기에 몰입하면 객관적 시선이 사라져 이야기가 늪으로 빠질 때가 많다. 만약 그때 누군가와 같이 작업을 했다면, 의논할 대상이 있었다면 작품을 망치지는 않았을 것이다.

한번은 함께 쓰는 것의 장점을 실감한 적도 있다. 몇 년 전 선배 작가 두 명과 연작 소설집 《턴》(뜨인돌출판사, 2017)을 출간했다. 연작 소설은 단편 소설들의 인물과 사건, 공간이 모두 연결되어 장편 소설로도 읽을 수 있는 작품을 말한다. 준비하는 동안 작가 세 명과 편집자가 머리를 맞대 생각을 나누고, 좀더 이야기를 객관적으로 볼 수 있도록 함께 고민해 혼자 쓸 때보다 부담이 적었다.

지금까지 우리도 혼자서 짧은 산문을 써왔다. 주제를 정하는 일부터 시작해 여러 가지 고민이 생기고, 글이 어떤 평을 받을지 부담도 컸을 것이다. 이번에는 그런 걱정을 내려놓고 편한 마음으로 친구와 함께 글을 써보자. 백지장도 맞들면 낫다고 했으니. 믿어 보자, 친구들을!

①
같은 문장도 다른 결말로!

먼저 할 일은 네 사람이 한 팀을 이루는 것이다. 인원은 더 많거나 적어도 상관 없지만 너무 많으면 진행이 어렵다. 성격이나 성별, 나이가 다를수록 더 다양한 이야기가 나온다. 선생님을 비롯해 어른과 팀을 짜면 더 좋다.

우선 팀에서 한 명이 지금 이 순간 떠오르는 문장 하나를 자유롭게 말한다. 그러면 모두 그 문장을 받아 적고 자신의 종이를 옆 사람에게 넘긴다. 이제 한 문장씩 이어 쓰기를 시작한다. 앞 문장과 연결이 안 되어도 좋고, 쌩뚱맞은 이야기가 튀어나와도 좋다. 묻지도 따지지도 않고 자유롭게 마음껏 쓰는 것이 핵심이다. 단 주의할 점이 딱 하나 있다. 친구를 놀리거나 읽는 사람이 불쾌할 수 있는 이야기는 쓰면 안 된다.

조금 지나면 종이가 돌아가는 순서를 바꾸자. 순서를 뒤죽박죽으로 만들면 누가 어떤 문장을 썼는지 알 수 없고, 더 자유롭게 이어 쓸 수 있다. 또 가끔 앞뒤 전개가 달라지도록 접속사를 바꾸거나 황당한 문장을 넣자. 예를 들어 숙제를 하는데 '그러다' 갑자기 폭탄이 터졌다는 내용이 나올 수 있다. 이야기 방향이 확 바뀌고 예측 불허의 상황이 전개되면 더 호기심을 자극한다. 같은 문장으로 시작한 종이에 각자만의 이야기가 쌓이기 시작한다. 같은 사람들끼리 돌려 쓴 글이니 비슷비슷하지 않을까 생각한다면, 마지막 결과를 지켜보시길!

단 마지막 문장은 무조건 첫 문장과 같아야 한다. 끝날 무렵에는 마지막 문장에 신경 쓰자. 이야기가 마무리되고, 자신의 종이가 돌아오면 멋진 제목을 붙인다. 다시 한번 말하지만 제목은 작품의 얼굴이자 마무리, 화룡점정이다! 또한 혼자 산문을 쓸 때와 문장을 이어 쓸 때 차이점을 짧게 남긴다.

다음은 수업에서 문장을 이어 쓴 결과물 중 한 편이다.

해피엔딩, 새드엔딩 그것이 문제로다

첫 문장과 끝 문장: 배고파요

제목: 생존본능

배고파요. 저희는 마지막으로 밥을 먹어요. 부모님에게 감사해요.

이 식사가 마지막이 될 거라는 생각을 하니 믿기지 않아요. 왜냐하면

제가 내일 군대에 가서 집밥을 더 이상 못 먹거든요. 너무 두렵고 슬퍼요.

그런데 말입니다! 저는 여자예요. 여자라고 군대를 못 가요. 저는

군대를 갈 거예요. 근데 아직 어려요. 중학교 1학년. 군대를 빨리 가고

싶어요. 그게 저의 장래 희망이에요. 쓰앵님, 저는 몇 년 뒤에 군대를

갈 수 있을까요? 그러자 하늘에서 "너는 군대 가기 전에 죽을

거란다"라는 말이 들려왔어요. 저는 모든 희망을 잃어버렸어요. 그래서

타임머신을 타고 하늘로 올라가 따졌고 제가 이겼어요. 제가 신이

되었네요. 세상 모든 사람은 전적으로 저를 믿어야 해요. 신의 이름은

타노스였어요. 그런데 갑자기 누군가 저를 공격했어요. 앞이 깜깜해졌고

죽은 것 같아요. 이상한 기분이 들었어요. 알고 보니 죽지 않았나 봐요.

그냥 배가 고픈 거였어요. 신도 밥을 먹어야 하나 봐요. 배고파요!

학생들은 비슷한 글이 나올 것이라 예상했지만 각자의 종이에
적힌 이야기는 완전히 달랐다. 아무 말 대잔치 같지만 잘 살피면 흐

름과 반전이 있고, 배경도 하늘로 바뀌면서 상상력이 커진다. 중간에 "그런데 말입니다!", "쓰앵님", "전적으로 저를 믿어야 해요!" 같은 유행어가 들어가면서 이야기의 방향과 분위기가 달라졌다.

이어 쓰기를 끝낸 뒤 학생들은 모두 즐거워했다. "글쓰기가 이렇게 재미있는지 처음 알았어요. 글 쓴 사람이 드러나지 않아서 무엇이든 말할 수 있었어요." "자유로운 글쓰기였어요. 제 경험을 쓰는 산문이나 일기, 독후감과 달라 흥미로웠어요." "상상하는 재미가 있었요. 판타지로 가도 되고 로맨스로 진행해도 되어요." "같은 문장으로 시작했는데 이렇게까지 결말이 다르니 신기해요." "반 페이지가 이렇게 채우기 쉬웠나 싶어요. 이런 이야기만 쓴다면 글쓰기가 즐거울 거예요." 여러 수업에서 이어 쓰기를 했지만 재미없다는 학생은 거의 없었다.

또 학생들은 왜 처음과 마지막을 같은 문장으로 해야 하는지 궁금해했다. 작품의 처음과 끝을 똑같이 구성해서 안정감을 주는 방법을 수미상관이라 한다. 주로 시에서 많이 쓴다. 첫 문장과 마지막 문장이 같아 좋은 점은 무엇보다 마무리가 잘된 느낌을 준다는 것이다. 앞 예시의 첫 문장과 마지막 문장을 다르게 해서 읽으면 수미상관 구성의 차이를 명확하게 알 것이다.

문장 이어 쓰기의 진짜 목적은 소설의 장점, 소설의 형태를 간접적으로 경험하는 것이다. 소설은 허구라 약속이 되어 있고, 주인공은 오로지 작가가 가상으로 만든 인물이다. 따라서 작가는 어떤 이야기든 맘껏 할 수 있다. 이때 흔히 작가가 페르소나(가면)를 썼다고 말한다. 평소에는 내성적이라 다른 사람과 대화를 잘 못하는 개그맨이 무대에만 올라가면 자신을 버리고 익살스럽게 캐릭터를 연기하는 것과 같다.

우리가 자주 쓰는 산문은 작가의 생각을 직접 드러내고, 서술자가 곧 작가이기 때문에 쓰는 동안 다른 사람의 시선을 의식할 수밖에 없다. 속마음을 자유롭게 털어놓지 못하기도 한다. 이런 마음을 자기 검열이라 한다. 하지만 소설은 따로 밝히지 않아도 모두가 허구임을 알고 있고, 주인공 또한 작가 자신이 아니기 때문에 자기 검열에서 자유롭다.

소설의 장점은 또 있다. 소설은 오히려 허구이기 때문에 산문보다 더 진실을 드러낼 수 있다. 어떤 정치인의 비리를 산문으로 쓰면 명예훼손으로 고소 당할 수 있지만 소설은 허구라는 장치를 쓴 덕분에 더 과감하게 이야기할 수 있다. 최근 신문에 우리 사회 부유층의 비리를 소설로 쓴 작가 인터뷰가 실렸다. 직접 취재를 한 이야기를 산문이나 르포로 쓰려고 했지만, 관련된 사람들이 피해를 입기에 소설이라는 장르를 택했다고 털어놓았다. 또 소설로 쓰면, 더 많은 사람이 읽을 테고 근본적인 문제도 진단할 수 있을 것 같았다고 덧붙였다.

쓰다 보니 소설 한 편

수업 시간에 어떻게 해서 처음 소설을 쓰게 되었는지 질문을 받았다. 첫 소설을 쓰던 오래전 기억을 더듬었다. 고등학교 3학년 때 야간 자율학습을 마치고 집에 와 밤 12시부터 새벽까지 컴퓨터 앞에 앉아 소설 비슷한 어떤 이야기를 써 내려갔다. 인물, 사건, 배경 같은 소설의 구성 요소들은 전혀 모르는 상태로, 단지 주인공을 통해 내가 하고자 하는 이야기를 시작했다. 주인공이 시험을 백 점 맞을 수도 있고, 나쁜 범인을 잡아 영웅이 될 수도 있었다. 어떤 이야기든 내 마음대로 할 수 있었다. 산문을 쓸 때는 느끼지 못한 뜨거움과 자유로움이 좋았고, 수험생의 고민을 잊을 수 있었다.

학생들은 내 이야기를 듣더니 소설에 호기심을 보였다. 문장을 이어 쓰면서 이야기를 만드는 재미를 발견한 것이다. 이론을 모르더라도 누구나 마음을 먹으면 소설을 쓸 수 있다. 이미 수많은 드라마, 영화, 만화, 웹툰을 보면서 인물과 사건 전개를 경험했다. 대단한 작품을 읽지 않아도 콩쥐팥쥐, 흥부놀부 이야기로 인물이 어떻게 갈등하고 결말을 맺는지 알고 있다. 전래 동화마저 모르더라도 자신의 삶을 유심히 지켜보면 매 순간 소설 속 인물처럼 살고 있다는 것을 깨닫는다. 부모님, 형제, 선생님, 친구와 크고 작은 일로 싸우고 또

화해하며 하루를 살고 있으니까. 주변 사람과 싸우지 않아도 어떤 선택의 순간, 마음속에서 여러 가지 고민을 하는 것 또한 소설의 시작이다. 어쩌면 우리는 누구나 소설가가 될 씨앗을 품고 있는지도 모른다.

이번 시간에는 아주 짧은 소설을 써보면 어떨까? 소설이라 하면 어렵다는 선입견부터 들지만, 여기서는 훌훌 털어 버려도 된다. 일기나 독후감처럼 자신이 주인공인 글이 아니다. 주어가 그, 그녀 또는 주인공인 짧은 글이다. 달나라로 가도 되고, 삼국시대를 배경으로 해도 된다. 장소를 외국으로 해도 되니 마음껏 써보자. 인물 간 대화를 넣어 분위기를 생생하게 만들면 더 좋다. 완성 후 창작 소감도 짧게 남기고, 친구와 돌려 읽자.

다음은 여러 편의 짧은 소설 중에 가장 반응이 좋았던 작품이다.

순간들

규호는 영어 문제를 풀다가 주변을 살폈다. 선생님은 창밖을 보며 하품을 했다. 아이들은 시험 문제를 푸느라 정신이 없었다. 고등학교에 입학하고 처음 보는 중간고사라 다들 집중했다.

뒤에 앉은 반장 한오가 작게 기침을 했다. 교실이 너무 조용해 크게 들렸다. 그 소리에 규호는 가슴이 급하게 뛰었다. 헛기침이 아니라 신호였기 때문이다. 답안지를 뒤에서 잘 보이는 곳에 놓으라는 무서운 압박.

한오가 정답을 보여 달라고 며칠 전 부탁했다. 사실 협박이었다.

녀석은 운동을 잘한다. 잘생겨서 여자아이들에게 인기도 많다.

그런데 성적이 좋지는 않은 것 같다. 입학 후 처음 본 3월 학력평가에서

낮은 점수를 받았다.

규호는 한오가 자신을 노려보는 것이 느껴진다. 뒤통수가 너무 따가웠다.

보여 주지 않으면 어떤 일이 벌어질까? 규호의 비밀을 언제든 아이들에게

말할 수 있다. 시험 문제가 어렵지 않아 규호는 백 점을 맞을 거라

확신했다. 답안지를 잘 보이는 곳에 놓으면 녀석도 만점을 받을 것이다.

어떻게 해야 할까? 일부러 틀린 답을 적을까?

문득 규호는 지난 달, 도서관에서의 일이 떠올랐다. 왜 하필 그때

한오를 만난 것일까? 자신도 모르게 앞에 앉은 아이 가방에 들어 있는

아이패드를 챙겨서 조용히 열람실을 나온 규호. 누군가 자신의 이름을

불러 뒤돌아보았다. 한오가 서 있었다. 규호를 지켜보고 있었나 보다.

감시 카메라도 없는 곳이라 물건을 훔쳐도 아무도 모를 줄 알았다.

"성적 스트레스가 심하면 도둑질을 한다고 하더니! 그 마음 이해해!"

한오가 비웃듯이 웃었다.

마침 아이패드 주인이 열람실을 나왔다. 규호는 한오의 팔을 붙잡고

옥상으로 올라갔다. 그때 답안지를 보여 달라고 한 것이다.

해피엔딩, 새드엔딩 그것이 문제로다

학생이라면 누구나 관심을 보이는 성적을 주제로 해서 몰입이 잘 되고, 특히 갈등이 뚜렷해서 좋다는 반응이 나왔다. 또한 주인공을 '나'라고 지칭하지 않아서 산문이나 일기 같지 않고, 거리감이 생겨 인물을 지켜보는 재미가 쏠쏠하다. 어떤 학생은 규호가 왜 도둑질을 하는지, 한오는 왜 협박을 하는지 결말이 궁금하다며 빨리 읽고 싶다고 했다.

글을 쓴 학생 작가에게 창작 소감을 물었다. 처음 3인칭으로 글을 써서 낯설면서도, 정말 작가가 된 것 같다며 웃었다. 주인공이 잘 아는 사람 같기도 하고 모르는 사람 같기도 하다며 산문의 주인공과 소설의 주인공은 확실히 다르다고 했다. 좀더 여러 가지 사건을 넣고 싶다는 욕심도 밝혔다. 요즘 학생들이 너무 성적 경쟁에 시달리는 것 같아 이 상황이 과연 옳은지 생각하고 싶어서 소설의 배경을 시험 보는 날로 설정했다고 한다.

이 작품을 읽고 나는 이 학생이 소설을 제대로 이해하고 있다는 것을 알았다. 소설이라고 해서 반드시 거창한 주제, 사건이 나오고 특이한 인물이 등장하는 것은 아니다. 이 작품처럼 우리의 친숙한 일상 속 익숙한 인물이 이야기를 이끌어 가도 좋다. 무엇보다 우리 시대의 중요한 문제인 성적과 친구와의 갈등을 다뤄 문제의식도 뛰어나다. 주제도 선명하고 학생들의 의견처럼 한오와 규호의 갈등 구조가 뚜렷해서 독자가 몰입하기 쉽다. 호기심을 자극해 결말이 궁금하다.

　단편 소설의 구성을 따른다면, 현재 이야기는 기승전결에서 기, 즉 발단에 해당한다. 작가의 뜻처럼 단편 소설로 완성하고 싶다면 사건을 더 넣어서 확장할 수 있다. 그러면 청소년을 주인공으로 한 좋은 소설이 될 것 같다. 필연적인 사건을 통해 왜 두 사람이 물건을 훔치고, 답을 보여 달라고 협박하게 되었는지 그 이유도 알려줘야 한다. 규호가 아이패드를 훔칠 때 어떻게 해서 한오가 지켜보고 있었는지 그 부분은 개연성과 설득력이 있어야 하고, 그것이 반전의 키워드가 되면 구성이 더 탄탄해진다. 작품이 기대가 된다.

오늘도 끄적거리며 놀자

＊흥미로운 이야기를 만들고 싶은데 망설이는 것은 긴 분량과 문장에 대한 부담 때문이라고 한다. 소설을 시작할 때는 드라마나 영화 대본처럼 대화로만 써도 충분하다. 대화로만 되어 있는 이야기를 써보자. 드라마 대본처럼. 사투리도 넣고!

해피엔딩, 새드엔딩 그것이 고민이다

6

시 쓰기 그거 별거 아냐

청소년 시와 노래 가사 바꾸기

*

고등학교 3학년 때였다. 문학 시간에는 교과서를 보지 않고 수능 준비를 위해 문제집만 풀어 대던 나날이었다. 김소월, 백석, 윤동주, 이육사 등 유명한 시인의 작품을 문제 푸는 기계처럼 빠르게 읽고 답을 적다 보니 저절로 시를 암기할 지경이었다. 분명 의미 있는 좋은 시였지만 감상보다는 정답을 찾는 데 혈안이 되는 것이 너무 지겨워서, 그 시인들의 안티 팬클럽을 창단하고 싶었다. 우리나라 사람이 시를 안 읽는 것이 학창 시절 겪은 시 스트레스, '詩트레스' 때문은 아닐까 생각도 했다.

그러던 어느 날, 평소처럼 또 문제집을 풀고 있는데 정희성이라는 처음 들어보는 시인이 쓴 작품이 있었다. 수능에 절대 나오지 않는 시라며 선생님이 넘기라고 재촉했다. 왠지 모를 반항심이 들기도 했고 시를 열심히 썼을 시인도 떠올라 혼자서 그 시를 읽어 내려 갔다. 마지막 부분에서 눈가가 뜨거워지더니 가슴 한끝이 미세하게 떨렸다. 교과서와 문제집에서 보았던 시 중 가장 와닿았다. 〈저문 강에 삽을 씻고〉, 제목도 인상적이었다. 집에 가는 길에 서점에 들러 그 시집을 사 읽었던 기억이 난다.

학교로 특강을 갈 때마다 시를 써본 적 있는지 학생들에게 물어 보면 갑자기 분위기가 싸해진다. 학생들은 김홍도 그림에서 갓 탈출한 선비를 보듯 내게 의아한 눈빛을 쏘아 댄다. 질문을 바꿔서 그림 시를 좋아하는지 물으면, 또 시에 대해서 하고 싶은 말은 아주 많다. 시는 정말 무슨 말인지 모르겠고, 선생님이 특정 구절의 의미를 해석하라 해서 싫다고 인상을 팍팍 쓴다. 시가 감동을 주기는커녕 스트레스만 주고 있었다.

이처럼 청소년은 교과서를 통해 시를 접하는데, 그중 정작 청소년의 삶과 고민을 다룬 시는 많지 않다. 청소년의 연애, 외모, 성적, 친구 관계 등을 소재로 한 시가 교과서에 실린다면 이떨까? 이번 시간에는 청소년의 삶을 생생하게 다룬 청소년 시詩를 함께 읽어 보자.

①

굿 바이, 詩트레스

동시를 읽던 어린이가 청소년이 되면 갑자기 어른이 읽는 시를 함께 읽어야 한다. 청소년의 삶을 다룬 작품은 많지 않아서다. 문학 소년, 소녀가 아니라면 점점 시를 싫어한다. 수능을 위해 억지로 시를 읽기는 하지만, 감상과는 거리가 멀다.

다행히도 몇 년 전부터 청소년을 주인공으로 하는 시집이 많이 출간되고 있다. 수업에서 몇 편을 소개했더니 반응이 좋았다. 이번 시간에는 이 시를 함께 읽어 보려고 한다. 먼저 청소년 시 중에서 다양한 소재의 시를 다섯 편 정도 선택하자. 한 사람이 세 연씩 이어 낭송해서, 연속 세 번을 읽자. 차례를 기다리며 자연스럽게 집중할 수 있다. 낭송이 끝나면 다섯 편 중에서 가장 마음에 와닿는 시 한 편을 따라 쓰고, 소감도 짧게 남긴다. 어떤 구절이 좋은지, 같은 경험을 한 적 있는지 구체적으로 쓰자.

문제아　　　이장근

나의 문제는

문제의
문제에 의한
문제를 위한

문제를 풀어야 하는 나라에

시 쓰기 그거 별거 아냐

태어난 것이다

문제가 문제를 낳고 문제가 문제를 낳고 문제가 문제를 낳는 책을

성경처럼 들고 다녀야 한다는 것이다

문제가 없어진다면

나도 문제없다

_《파울볼은 없다》(창비교육, 2016) 중에서

수업 중 〈문제아〉를 읽은 학생들은 다양한 소감을 전했다. 마음에 와닿는 시는 태어나서 처음 읽는다. 지금까지 교과서에서 접한 시는 이해하기 어렵고 쉽게 공감할 수 없었다. 재미있는 시가 이렇게 많은데 왜 교과서에는 나오지 않는지 그것부터가 문제인 것 같다. "문제가 계속 문제를 낳는다!"라는 표현에서 몸에 전기가 통한 것 같았다. 문제아의 표현법이 마음에 든다. 법을 학생에 맞춰 바꾸면 좋겠다. 마지막 문장에서 '심쿵'했다. 우리나라 청소년이면 모두 고개를 끄덕일 것이다. 짧은 몇 문장 안에 초, 중, 고 12년을 다 담아내서 놀랍다. 대학생인 형의 삶도 이 시와 같아서 대학생이 읽어도

울컥할 것 같다. 요즘은 사춘기가 없는 것 같다. 어른들도 사춘기에 시달리니 문제 어른도 있을 것이다 등등. 다양한 의견이 나왔다. 모든 문제를 세상 탓으로 돌리는 시선이 느껴진다는 학생도 있었다. 더 적극적으로 문제 있는 세상과 맞서서 문제없는 세상을 만들겠다고 하지 않아서 아쉽다고도 했다.

이 수업을 통해 학생들이 시를 싫어하지 않는다는 것을 알았다. 단지 좋아할 시를 자주 접하지 못했던 것이다. 쉽고 좋은 시를 접하면 더 많은 학생들이 시를 좋아하고, 시를 통해 마음의 짐도 내려놓고 쉴 수 있지 않을까?

이 시에서 학생들은 "문제가 계속 문제를 낳는다!"는 구절이 참신하고 창의적이라 말했다. 그 지점에 대해 좀더 이야기를 해보았다. 학생들은 창의성을 대부분 새롭게 만드는 것이라 했다. 그런데 과연 그러할까? 사람들은 흔히 하늘 아래 새로운 것은 없다고 말한다. 맞는 말이다. 엄청난 상상력이라며 주목 받는 드라마나 영화도 잘 살펴면 어딘가에서 본 이야기를 색다르게 변형한 경우가 많다. 친숙한 이야기를 낯설게 바꾼 것이다. 작가에게 가장 중요한 재능이 바로 이 새롭게 해석하는 능력, 낯설게 하기다. 익숙하지만 낯설고 색달라서 몰입하게 만드는 힘이 창의성이다.

창의성은 과학 분야에서도 엄청 중요하다. 가장 잘나가는 기술이 집합했다는 스마트폰을 보면, 핸드폰과 인터넷을 결합한 상품이라는 것을 알 수 있다. 스마트폰 이전에 이미 핸드폰과 인터넷이 있었고, 두 가지를 결합하겠다는 엉뚱한 생각이 스마트폰을 만들었다. 지금 보면 참 단순하고 사소해 보이지만 이런 생각은 아무나 할 수 없다. 창의적인 사람만 가능하다. 그래서 창의적인 사람을 엉뚱하다고 괴짜라 말하기도 한다. 과거 하늘을 나는 상상을 한 사람을 당시 사람들은 어떻게 바라보았을까?

②
너만 쓰냐? 나도 쓴다, 시!

앞에서 시를 감상하고 소감을 정리했다면 이번에는 좀더 집중해서 시인은 어떤 마음으로 시를 쓰는지를 느끼자. 시를 쓴다는 말에 깊은 한숨이 나온다면 걱정하지 말길 바란다. 진짜로 쓰자는 제안이 아니다.

두 번째 시간에는 좋은 시를 읽고 자신의 삶에 맞게 구절이나 시어를 바꿔 보려고 한다. 청소년 시만 읽으면 상상력이나 간접 경험이 제한될 수 있으니, 다양한 연령대의 삶을 들여다볼 수 있는 시를 읽는다. 먼저 시를 여러 차례 읽고 가장 마음에 드는 시 한 편을 옮겨 적는다. 그리고 그 옆에 자신의 삶이 드러나도록 시어를 바꿔 모방 시를 쓴다.

다음은 내 지루한 고등학교 문학 시간을 바꾼 시 한 편이다.

저문 강에 삽을 씻고　　　　정희성

흐르는 것이 물뿐이랴

우리가 저와 같아서

강변에 나가 삽을 씻으며

거기 슬픔도 퍼다 버린다.

일이 끝나 저물어

스스로 깊어 가는 강을 보며

쭈그려 앉아 담배나 피우고

나는 돌아갈 뿐이다.

삽자루에 맡긴 한 생애가

이렇게 저물고, 저물어서

샛강 바닥 썩은 물에

달이 뜨는구나.

우리가 저와 같아서

시 쓰기 그거 별거 아냐

흐르는 물에 삽을 씻고

먹을 것 없는 사람들의 마을로

다시 어두워 돌아가야 한다.

_《저문 강에 삽을 씻고》(창비, 1978년) 중에서

───────────────────────────

이 시를 읽으며 오늘도 고생하는 아버지를 떠올리는 학생이 많았다. 쭈그려 앉아 담배를 피우며 고민을 하는 아버지의 모습에 가슴이 떨린다며 눈시울을 붉히기도 했다.

이제 이 시와 청소년의 삶을 연결해 모방 시를 써보자. 한 학생이 이 서글픈 시를 이렇게 바꿨다.

───────────────────────────

쓰레기통에 성적표를 버리고

비교할 것이 성적뿐이랴

한국 학생은 모두 같아서

편의점에서 삼각 김밥을 먹으며

거기 성적표를 찢어 버리고 온다.

학원이 끝나 캄캄해

스스로 어두워지는 동네를 보며

속 타는 가슴 콜라를 마시며

나는 돌아갈 뿐이다.

시험에 맡긴 사춘기가

이렇게 스트레스 받아서

핸드폰 액정에

까칠한 얼굴이 비치는구나

학생들 모두 같아서

무거운 가방을 다시 메고

성적표를 기다리는 부모님이 있는 집으로

한숨 내쉬며 돌아가야 한다.

　모방 시를 읽고 많은 생각을 했다. 고된 일을 마친 노동자나 성적 스트레스를 받는 청소년이나 살기 힘든 것은 마찬가지인가 보다. 시험을 못 봐 성적표를 찢고 답답해 콜라를 마시는 모습에서 청소년의 고민이 절절하게 와닿았다. 생기 넘쳐야 할 나이에 핸드폰 액정에 비친 까칠하고 주눅 든 자기 얼굴을 보며 나직하게 한숨을 쉬어야 하는 아이들. 청소년만 그럴까? 삼각 김밥으로 끼니를 때우고 고

시원으로 돌아가는 취준생 청년의 하루, 퇴직 후 온종일 일자리를 구하다 밤늦게 축 처진 어깨로 귀가하는 중년의 삶이 떠올랐다. 좋은 시는 나이를 뛰어넘어 누구나 따스하게 보듬는다.

③
시도 때도 없이 노래하는 시

잠깐 쉬는 시간이 생기면 학생들은 버릇처럼 귀에 이어폰을 꽂고 음악을 들었다. 스마트폰 덕분에 언제 어디에서든 음악을 들으며 흥얼거렸다. 더 흥이 오르면 몸을 흔드는 학생도 있었다. 노래와 시는 같은 장르라 할 수 있으니, 음악을 듣는다는 것은 늘 시를 감상하는 셈이다. 학생들에게 시와 음악의 유사점을 물었더니 비슷하다는 답이 돌아왔다.

그렇다면 이 시간에는 시보다는 훨씬 더 친숙한 노래 가사를 바꾸며 자신의 삶을 돌아보자. 수업 시간에는 걸그룹 소녀시대의 〈소원을 말해 봐〉와 그 노래를 개사한 개그맨 김신영의 〈점수를 말해 봐〉를 함께 보면서 개사하는 방법을 알아보았다.

점수를 말해 봐

네 모의고사 점수 누나한테 말해 봐

네 가방에 있는 성적표를 꺼내 봐

〈점수를 말해 봐〉는 수능 시험을 못 본 수험생을 응원하는 사회 공헌 캠페인 노래로 유쾌한 가사와 영상이 매력적이다. 덕분에 학생들이 개사를 쉽게 이해할 수 있었다.

노래 가사를 어떻게 바꾸는지 이해했다면 이번에는 직접 뮤직비디오를 보고 가사를 바꿔 보자. 창의성, 낯설게 하기를 생각하며 노래를 여러 번 듣고 어떤 콘셉트로 바꿀지 고민한다. 뮤직비디오를 다 본 뒤 먼저 원래 노래 가사와 이 노래를 왜 좋아하는지 짧게 적고, 가사를 바꾸자.

중학교 1학년과 함께한 수업에서는 세계적으로 인정받는 아이돌 그룹 방탄소년단의 〈작은 것들을 위한 시〉 가사를 바꿨다. 제목부터 '시'가 들어가고 주제도 다양하게 해석할 여지가 많아 시를 공부할 때 함께 보면 좋은 곡이다. 학생들은 〈솔로를 위한 시〉, 〈다이어트를 위한 시〉, 〈성적표를 위한 시〉 등 다양한 소재로 개사했다.

다음은 그중 가장 창의적인 한 편이다.

모닝콜을 위한 시

모든 게 궁금해 뭐가 널 깨우게 하는지 내 머릿속에 계속 생각나

굿 모닝 굿 모닝 굿 모닝 굿 모닝은 개뿔 배드 모닝이다

꿈에서 신나게 놀고 있었는데 이제 여긴 현실이지

난 너를 정말 부수고 싶어 하지만 부수면 안 되지

부수면 나도 함께 부서지니까

널 듣게 된 이후 내 머릿속은 모든 욕이 생각나! ya

못 들은 척하면 소리는 더 커지지

하지만 핸드폰은 보이지 않지 그럼 알람 소리는 더 커지지

정말 더 자고 싶지만 알람은 죽도록 날 깨우지

갑자기 생각나네 오늘은 일요일

학생들은 "굿 모닝은 개뿔 배드 모닝"이라는 구절에서 큰 호응을 보냈고, "부수면 나도 함께 부서지니까"라는 부분이 와닿는다고 했다. 우리를 옥죄는 시계가 싫지만 그렇다고 시간의 흐름에서 벗어날 수도 없는 삶을 잘 담아내 공감할 수 있었다. 청소년의 현실을 참신하게 담아낸 가사로 재탄생했다. 주제도 명확해 모든 연령대에게 좋

은 반응을 얻을 것 같다.

학생들은 수업을 하기 전 시를 배운다고 하자 한숨부터 나왔다고 털어놓았다. 대부분 시 쓰기를 너무 싫어했다. 그런데 여러 편의 뮤직비디오를 보면서 시의 운율과 구성을 알고, 시 창작 대신 좋아하는 가수의 노래를 개사한 후에는, 시 쓰기도 흥미로울 수 있다는 것을 알았다고 수업 후기를 전해 왔다.

오늘도 끄적거리며 놀자

＊청소년 시 다섯 편을 읽고 각 시에서 세 구절씩 가져와 멋진 시를 한 편 만들어 보자.

7

이야기에 한계란 없다!

이야기 3요소로 소설 분석하기

*

어느 유명한 소설가가 산문이 무엇인지 정의한 글이 신문에 실린 적이 있다. 그는 산문은 삶을 살아본 사람이 다시 그 시간으로 돌아가 인생을 살피는 장르라 말했다. 그 말을 생각하며 널리 읽히는 산문들을 떠올렸다. 정말 대부분이 인생에 대한 깨달음으로 마무리하며 나를 돌아보게 하는 힘이 있었다. 그래서 산문에는 문학과 철학 요소가 섞여 있다 하는 것일까?

그 후 학생들과 글쓰기 수업을 할 때마다 이 산문에 대한 정의가 자주 떠올랐다. 학생들이 왜 글쓰기를 싫어하는지 명확한 답이 들어 있기 때문이다. 뜨겁게 질주하고 싶은 청소년에게 일기, 감상문 등을 쓰며 인생을 성찰하라 하니 글쓰기가 좋을 리 없을 것이다. 무엇보다 산문은 일상 안에서 큰 깨달음을 얻었다며 마무리하는 경우가 많은데, 세계 4대 성인도 아닌 우리가 어떻게 매 순간 깨달으며 살 수 있겠는가?

어느 중학교 특강에서 학생들에게 좋아하는 책을 물었더니 내가 한 번도 안 본 판타지, 로맨스 소설이 90퍼센트 이상이었고, 산문집이 좋다고 말하는 학생은 없었다. 판타지 소설이 재미있다면서 꼭 읽어 보라고 권유하는 학생을 만날 때마다, 글쓰기 수업 방식에 대해 생각하곤 한다.

누구나 자신이 좋아하는 글과 비슷한 글을 잘 쓰고 흥미를 느낀다. 그렇다면 청소년에게 산문이 아니라 판타지, 로맨스, 추리 소설 등 상상하는 재미가 있는 글을 쓰라고 하면 어떨까? 즐겁게 글을 쓰다 보면 글쓰기에 흥미를 느껴 훗날 산문도 쉽게 쓸 수 있으리라. 오늘은 상상하는 재미가 있는 글쓰기 세계로 자유롭게 들어가 보자! 렛츠 고!

①
단독 보도, 월하정인은 어디에?

이야기의 3요소에는 인물, 배경, 사건이 있다. 누가(인물), 언제, 어디서(배경), 왜, 무엇을, 어떻게(사건) 했는지를 보면 어떤 복잡한 이야기도 파악할 수 있다. 그렇다면 이야기가 아닌 그림에도 이 3요소를 적용할 수 있을까?

조선 후기 화가 신윤복의 그림 〈월하정인〉을 인물, 배경, 사건을 생각하며 감상하고, 그 뒷이야기를 상상해 보자.

먼저 그림에서 마주 보고 있는 남자와 여자는 어떤 사람인지, 시간과 공간은 어떠한지 그리고 두 사람은 왜 그곳에 있는지 설정을 하고, 그 후에 어떤 일이 벌어질지 맘껏 생각한다. 글쓰기에서 가장 중요한 것은 창의성과 상상력이다. 좋은 글은 그 누구의 눈치도 보지 않는 자유로운 생각에서 나온다는 것을 잊지 말자.

수업 시간에 학생들과 〈월하정인〉을 보고 상상하기를 해보니 예상대로 키득거리며 기상천외한 이야기를 써 내려갔다. 발표할 때도 부끄러워하거나 망설이지 않았다. 자신의 이야기가 아니라 두려울 것이 없었다.

이야기에 한계란 없다!

다음은 〈월하정인〉을 요즘 시선으로 바꾼 이야기다.

단독 보도, 월하정인은 어디에?

조선의 왕이 궁 밖에 산책을 나갔다가 좋아하는 여자를 만났다. 왕이
밤마다 궁궐을 빠져나간다는 긴급 정보를 입수한 ○○패치 기자들이
몇날 며칠을 잠복해 현장을 목격했다. 지금 창고에 숨어서 현장을
스케치하고 있으며, 그 그림이 바로 〈월하정인〉이다. 혹자는 중전이
남편인 왕이 밤마다 도망친다는 소문을 듣고 사람을 시켜 그 뒤를
밟았다는 제보도 보냈다.

많은 그림 중 〈월하정인〉을 함께 본 이유는 이야기의 3요소 중
배경의 중요성을 알아보기 위해서다. 배경은 사건이 벌어지는 시간
과 장소를 말한다. 먼저 시간을 보자. 두 사람이 밤이 아니라 햇빛
이 쨍쨍 비추는 낮에 만났다면 어떤 느낌일까? 그림과 사뭇 다른
분위기가 되고, 주제 또한 달라진다. 초승달이 뜬 밤이 주는 여러
가지 상징과 상황이 작품의 주제를 단단하게 하고 사건을 풍성하게
만든다. 보름달이 떴으면 또 느낌이 많이 달라진다. 다음은 장소다.
두 남녀는 담벼락 옆에서 서로를 마주 보고 있다. 숨기 좋은 창고

뒤편이 아니라 마당 한가운데에 있다면 이야기 진행이 완전히 달라질 것이다.

문학에서는 이처럼 배경의 역할이 참 중요하다. 문학은 영화, 드라마처럼 배경음악을 넣거나 아름다운 풍경을 보여 주는 시각, 청각 작업이 불가능하다. 때문에 날씨와 공간, 시간을 묘사하는 것이 분위기와 주인공의 심리를 부각하는 중요한 방법이다.

신윤복의 그림을 다시 볼까? 조선시대, 깊은 밤에 남녀가 같이 있다는 것만으로 여성이 손가락질을 당하고, 심하면 가문이 욕을 먹던 시절이다. 지금도 여성에게만 굴레를 씌우는 나라가 있는 마당에, 신윤복은 〈월하정인〉을 통해 사회가 강요하는 도덕과 규범에 정면으로 도전한 셈이다. 좋은 예술은 인간의 진심과 욕망을 잘 표현한다. 당시 시선으로 보면 19금 그림이라 할 수 있는 이 작품은 조선 사회에서 크게 인정받지 못했다. 따라서 신윤복에 대한 기록도 거의 남아 있지 않다. 비슷한 시기에 활동한 김홍도와 완전히 다른 대접을 받았다 할 수 있다.

하지만 신윤복은 본인의 작품에 사랑의 마음을 잘 담아냈다. 공식적으로는 인정 받지 못해도 대중의 마음을 흔드는 힘은 분명히 있었다. 좋은 글 또한 슬픔, 기쁨, 사랑을 잘 표현해 독자가 '나만 이런 감정을 느끼는 것이 아니었네!'라고 공감하게 만들어야 한다. 쉬운 일이 아니지만 말이다.

이야기에 한계란 없다!

② 최고의 짠돌이를 가려라!

그림을 보며 이야기의 3요소 중 배경에 대해 생각하는 시간을 가졌다면, 이번에는 대한민국 사람 대부분이 아는 짠돌이 캐릭터 놀부와 자린고비를 통해 인물과 사건에 집중할 차례. 먼저 놀부와 자린고비가 어떤 성격이고 체형과 외모, 옷차림, 경제적 상황은 어떨지 생각해 보자. 외모에서 풍기는 모습이 캐릭터 묘사의 첫 번째다. 그다음 두 사람이 어떻게 만나게 되었고, 무엇을 하는지 상상한다.

조선 팔도 일등 알뜰, 궁상이라 자부하며 사는 자린고비는 놀부가
자기보다 더 돈에 벌벌 떤다는 소식을 듣고 위기감을 느낀다.
스트레스를 받아 머리카락이 빠져도 탈모 치료를 하지 않고, 추워도
두꺼운 옷을 안 입으며 돈을 모은 자린고비였다.
자린고비는 전국 일등을 놓치기 싫어 놀부와 한판 승부를 벌이러
놀부 마을로 원정을 간다. 놀부가 운동을 못한다는 말을 듣고, 여러 가지
내기를 해서 돈을 벌 작정이었다. 자린고비는 '빨리빨리'를 외치는
조급증 환자라서 말도 빠르고 몸짓도 재빨라 살이 찌지 않았다.
늘 뛰어다니느라 달리기 실력도 좋았다.

마침 놀부와 얼굴이 비슷한 사람이 걸어왔고, 자린고비는 다짜고짜 놀부냐고 묻더니 내기를 하자고 제안한다. 자신에게 유리한 달리기 내기였다. 그런데 이게 웬일. 놀부는 엄청난 속도로 달려 내기에서 이기고 자린고비의 돈을 모두 챙긴다. 내기를 더 하고 싶지만 돈이 없던 자린고비는 돈을 달라고 악착같이 싸우지만 놀부는 순식간에 도망친다. 여기에 충격적인 반전이 있었다. 알고 보니 내기에서 이긴 사람은 놀부가 아니라 얼굴이 닮은 동생 흥부였다. 가난한 탓에 돈을 벌러 여기저기 뛰어다닌 흥부는 달리기 실력이 좋았다. 착하기만 해서는 살 수 없다는 것을 깨달은 흥부가 태어나서 처음으로 거짓말을 한 것이다.

반전이 흥미롭고, 자린고비와 흥부의 캐릭터를 정확히 알아야만 들 수 있는 이야기다. 늘 착하게 살면서 당하기만 하던 흥부가 주체적인 인물로 바뀌어 독자가 더 몰입할 수 있다. 대리 만족도 된다. 다만 이야기가 좀더 길어진다면 흥부가 왜 거짓말을 하는 인물로 변했는지 설명이 나와야 설득력이 있다. 지금은 그 이유를 독자가 추측할 뿐이다.

이야기에 한계란 없다!

③
내가 만약 노인이 된다면

앞에서 옛 그림, 옛이야기를 보았다면 이번에는 생각의 폭을 넓혀서 이 시대를 돌아볼 차례다. 60년 뒤 나는 이 땅에서 어떻게 살고 있을까? 10년 뒤 자신의 모습을 상상하는 주제는 학생들이 싫어한다. 대학 진학과 취업이 힘들다는 사실을 이미 알고 있는 탓이다. 그래서 시계를 빠르게 돌려 10년보다 훨씬 먼 미래를 상상하면 좀더 다양한 이야기가 나온다. 물론 60년 뒤 자신은 이미 죽었을 거라 말하는 친구도 있다. 그러면 지금 청소년 세대는 의학 기술이 발전해 불의의 사고가 아니라면 110세 이상 산다는 신문 기사를 읽어 준다. 그러면 60년 뒤는 노인이 아니라며 열심히 글을 써 내려간다.

우유가 세상을 구하리라!

60년 뒤 나는 일흔 넷이고, 스웨덴에서 소를 키우고 넓은 들판을 뛰어다니며 산다. 물론 스웨덴에 오기 전에 스웨덴어와 사투리를 조금 공부했다. 스웨덴에 온 이유는 낙농업을 배우기 위해서다. 한국에 돌아가면 나만의 브랜드로 우유 회사, 치즈 회사를 차릴 것이다. 아직도 50년은 더 살 테니 열심히 돈을 벌어야 한다. 내 친구 어머니는 백이십 살인데도 마라톤 대회에서 일등을 할 정도로 건강하시다.

이제 일흔넷은 아재 축에도 못 낀다. 스웨덴 우유가 입맛에 맞아서 물처럼 먹었더니 몸이 좋아졌고, 일흔 셋에 갑자기 성장통을 겪었다. 제2의 사춘기가 온 것이다. 키가 25미터가 되어 버렸다. 너무 커서 걸을 때마다 건물을 부서뜨렸고 무서워하는 사람도 있었다. 그중에는 작은 키가 콤플렉스라서 부러워하는 사람도 있었다.

나는 이 기회를 놓치지 않으려 연구를 시작했다. 1년 뒤 키가 커지는 우유를 만들었고, 회사를 창업해 돈을 무지막지하게 벌었다. 전 세계 방송에 출연해 스타가 되었다. 사람들은 내 우유를 먹고 하나둘씩 키가 커졌다. 반년 뒤 모든 사람의 평균 키가 5미터 이상이 되었다.

그런데 문제가 생겼다. 사람들이 모두 키가 커지자 집이 너무 작아 살 수 없고, 옷도 입을 수 없었다. 몸이 커지니까 운동량도 늘어서 다들 늘 배고파했다. 전 세계 사람들이 순식간에 나를 원망했다.

다시 연구를 시작했지만 답이 나오지 않았다. 나를 이렇게 만든 우유를 보니 갑자기 나도 모르게 화가 났고 우유를 던져 버렸다. 그러자 우유가 묻은 물건들이 커지기 시작했다. 지붕에 올라가서 우유를 뿌렸더니 집이 아파트 몇 개를 합친 것만큼 커졌다. 그렇게 세상의 모든 고민이 사라졌고 나는 다시 영웅이 되었다.

이야기에 한계란 없다!

어떻게 이런 상상을 했을까 감탄하며 읽었다. 누구나 키가 크고 싶어하는 욕망을 흥미롭게 담아냈고 반전도 있다. 외모만 중요하게 여기면 안 된다는 교훈으로 끝나지 않아 더 좋았다. 학생들은 짧은 동화 같다며 그림책으로 나와도 좋겠다고 했다. 산문을 쓸 때와 다르게 창의적인 생각이 터져 나왔다.

상상력이 넘치는 글을 쓸 때 좋은 글쓰기 기법이 있다. 물건이나 동물이 사람처럼 생각하고 움직이는 것을 의인화라 한다. 이런 의인화를 이용해 글을 쓰면 일상의 이야기보다 훨씬 창의적인 상상을 할 수 있고 호기심도 커진다. 기승전결의 구성, 매끄러운 문장을 키우는 것도 중요하지만, 청소년기에는 자신만의 시선으로 사회를 보는 연습을 하고 그 생각을 글에 담아내는 것이 더 먼저가 아닐까? 상상력이 넘치는 글을 쓰면서 독창적인 생각을 키우도록 하자.

오늘도 끄적거리며 놀자

★ 김홍도의 〈씨름도〉를 보며 인물 한 명에게 집중해서 상상하자. 예를 들어 엿을 파는 아이가 되어 어떤 생각으로 씨름판을 보고 있는지 생각한다.

★ 내가 선생님이 된다면 어떨까? 지금까지 만났던 최악, 최고의 선생님을 생각하며 자신이 그 선생님이 되면 어떻게 행동할지 상상하자.

감동은 아무리 먹어도 살 안 쪄!

진정성 있는 글쓰기의 힘

*

청소년들에게 오랫동안 기억에 남아 다시 보고 싶은 소설, 드라마, 영화는 무엇일까? 어떤 작품을 보며 웃고 감동할까? 눈물을 흘리며 그때를 추억하게 하는 작품이 있을까?

감동을 사전에 검색하면 한자로 感動이라 쓴다. 느껴서 마음이 움직인다는 뜻이다. 영어로는 move, 역시 움직이다는 의미다. 수학 공식처럼 감동의 정의를 내리면 좋겠지만 해석은 각자의 몫이다. 나도 어떤 작품을 보고 감동을 받는지 생각해 보았다. 결말이 해피엔딩이든 새드엔딩이든 상관없이, 그 작품을 접하고 내가 잘 살고 있는지 돌아보거나 가까운 사람이 떠오를 때 감동을 받는 일이 많았다. 작품을 보기 전과 후에 마음이 달라졌으니 '마음이 움직였다!'는 뜻에 딱 맞다.

그러면 이번에는 글을 쓰는 사람의 입장에서 감동을 생각해 보자. 학생들이 쓴 글을 읽다 보면 감동을 받을 때가 많은데, 그런 작품은 대부분 자신의 고민을 그대로 드러낸 경우였다.

사람들의 삶은 모두 다르지만, 자세히 들여다보면 다들 비슷한 고민을 하며 살아간다. 친구가 아픔을 이야기하면 나만 이런 걱정을 하며 사는 것은 아니라는 위로를 받기도 한다. 그래서 고민을 털어놓은 글에 더 많이 감동하는 것이다.

이번 시간에는 자신의 고민을 드러내는 글을 쓰려고 한다. 친구들과 돌려 읽지 않을 테니 걱정하지 말고 일기 쓰듯 편하게 자신의 마음과 대화하듯 써보자. 마음이 홀가분해질 수도 있다. 그 누구도 알지 않기를 바란다면 아예 제출하지 않아도 된다. 100퍼센트 비밀을 보장한다!

① 눈물이 나를 자유롭게 하리라

바로 고민을 쓰라 하면 거부감부터 들 테니 처음에는 가볍게 마음부터 풀어 보자. 드라마나 영화, 책을 볼 때 어떤 장면에서 가슴이 떨렸는가? 그 이유는 무엇이었는가? 하나씩 적는 시간을 통해 자신은 언제 어떤 작품에서 감동을 받는지 돌아보자. 어떤 학생은 인터넷 신문 기사를 읽고 감동과 함께 분노를 느낀다고 했다.

한 신문 기사에 아버지가 아들을 괴롭히는 아이들을 편의점에 데려가서 과자를 사준 이야기가 나왔다. 기사 속 영수증은 엄청 길었다. 돈이 많이 나온 것이다. 오죽했으면 아들을 괴롭히는 가해자들을 달래려고 했을까, 그 마음이 전해져 안타까웠다. 또한 아들을 사랑하는 아버지의 마음에 눈가가 뜨거워졌다. 학교 폭력이 심각하다고 말하는 것보다 이 짧은 이야기에 그 심각성이 더 다가왔다. 나는 친구들에게 잘하는지, 주변에 피해자는 없는지 살펴보았다.

다른 학생은 한 책에서 읽은 이야기를 떠올렸다.

서울에 있는 공장에서 일하는 이십 대 초반 젊은이가 추석에 고향에 못 간다고 부모님과 통화를 했다. 어머니에게는 바빠서 못 간다고 둘러댔지만 알고 보니 공장에서 일하다가 손가락을 잃었고, 그 모습을 차마 보일 수 없었던 것이다. 통화를 끊고 혼자 있을 그 사람을 생각하는데 갑자기 눈물이 맺혔다. 만약 우리 형이 그런 일을 당했다면 나는 어떻게 했을까?

감동은 아무리 먹어도 살 안 쪄!

두 학생 모두 글을 읽다가 눈가가 뜨거워졌다. 감동을 받았다는 뜻이다. 그렇게 눈물을 흘리고 나면 속이 후련해지기도 하는데, 이를 카타르시스를 느꼈다고도 한다. 비극에 등장하는 인물의 비참한 운명을 보고 간접 경험함으로써, 자신의 두려움과 슬픔이 해소되고 마음이 깨끗해지는 과정이 카타르시스다. 어쩌면 예술 작품을 감상하는 이유가 바로 카타르시스를 얻기 위함일 수도 있다. 반대로 엄청 통쾌한 장면을 보며, 자신이 주인공이 된 것처럼 마음에 쌓여 있던 울분이 사라지는 것도 카타르시스라고 한다.

카타르시스는 독자만 느끼는 것이 아니다. 자신의 고민을 다른 사람에게 털어놓거나 글로 남길 때 글쓴이의 마음에 쌓여 있던 감정이 사라지면서 후련해진다. 이 감정도 카타르시스라 할 수 있다. 그래서 처음 글을 쓸 때 자신의 아픔과 고민을 털어놓는 연습을 많이 한다. 카타르시스를 경험하면서 자기 검열에서 벗어나야 자유로운 상태로 글을 쓸 수 있기 때문이다.

청소년 고민 랭킹 1위

두 번째로 다른 사람의 고민에 공감하는 연습을 해보자. 자신이 주인공이 된 마음으로 사연을 접하다 보면 다른 사람을 이해하는 공감 능력이 커진다. 그 마음을 글쓰기에서는 진정성이라 한다. 글쓰기뿐 아니라 인간관계에서 가장 중요한 덕목이기도 하다.

다른 사람들의 고민 사연을 읽고, 해결하기 어려운 고민이라 생각되는 것을 하나 정하고 그 이유를 적어 보자. 청소년을 짓누르는 고민은 다양하다. 추풍낙엽처럼 추락하는 성적, 부모님과의 갈등, 마음을 몰라주는 이성 친구, 돈이 없어서 포기한 수학여행, 집까지 와서 괴롭히는 아이들, 가정 폭력 등등.

다음은 우울증을 가장 큰 고민이라고 한 학생의 글이다.

고민을 듣고만 있어도 가슴이 답답해서 우울증이 올 것 같다. 왕따 문제, 가정 폭력은 경찰에 빨리 신고해서 더 큰 피해를 막아야 한다. 주변에서 도와줄 수 있다. 수학여행은 안 갈 수 있고 학교에 말하면 지원을 받을 수도 있다.

그렇다면 가장 해결하기 어려운 문제는 우울증이다. 우울증 초기인

감동은 아무리 먹어도 살 안 쪄!

친구가 한 명 있는데 그냥 늘 아프고 하고 싶은 것이 없어서 지켜보는
사람도 우울증이 올 지경이다. 내 기준으로 보면 친구는 외모도 나쁘지
않고 집안 형편도 괜찮다. 그런데 늘 다른 사람과 자신을 비교하며
비하하고, 걱정만 늘어놓아서 이제는 친구들도 피한다. 그러다 보니
소통할 친구가 없어서 더 답답해하고 증상이 심해진다.
그래서 나는 그 친구가 이야기하고 싶어할 때마다 무조건 들어준다.
또한 웬만하면 격려하고 장점을 찾아서 이끌어 주려 한다.

우울증을 겪고 있는 사람에 대해 조금이라도 이해할 수 있는 글
이다. 좋은 글은 상처가 있는 사람, 아픈 사람을 이해하도록 간접 경
험의 폭을 넓혀 준다. 문학을 많이 접한 사람일수록 공감 능력이 커
져 타인의 마음을 잘 헤아릴 수 있고, 누구와도 소통을 잘한다. 독
서를 많이 해야 하는 까닭이 여기에 있다.

독서는 개인을 넘어 사회에도 큰 영향을 끼친다. 책을 읽어 공감
능력이 좋은 사람이 많은 사회는 갈등이 적다. 요즘 여러 가지 갈등
을 겪고 있는 우리 사회에 책 읽기가 좋은 해법이 될 수 있다고 말
하는 전문가가 많은 이유다.

③
청소년 감동 랭킹 1위

지금까지 어두운 이야기로 분위기가 다소 무거웠던 것 같다. 이번에는 밝은 이야기를 해보자. 최근에 감동을 받은 적이 있는가? 예상치 못하게 누군가 나를 생각해 줄 때 따스함이 더 크게 전해지고, 그 온기 덕분에 어려움을 헤쳐 나간다. 감동을 누군가에게 전해 주는 것도 필요한 시대다.

　이번 시간에는 여러 가지 상황 중에서 어떨 때 가장 큰 감동을 받는지 생각하려 한다. 다음 보기 중 가장 크게 와닿는 일을 선택해서 그 이유를 함께 적어 보자.

생일날 깜짝 선물을 준 친구

소풍 가는 날 내 김밥까지 챙겨 온 친구

아이들한테 욕먹을 때 도와준 친구

다리를 다친 친구의 등하교를 도와준 친구

어머니가 길거리에서 떡볶이를 파는데 자주 와서 사 가는 친구

축구할 때 아이들한테 못한다 욕을 먹는데 나에게도 기회를 준 친구

감동은 아무리 먹어도 살 안 쪄!

어떤 학생은 소풍 가는 날 자신의 김밥까지 싸온 친구를 뽑았다. 자신도 같은 경험이 있기 때문이었다.

엄마가 다른 지역에서 일하셔서 따로 산다. 소풍에 김밥이나 먹을거리를 챙겨 가기 힘들었다. 친구가 그것을 눈치 채고 도시락을 두 개 가져와서 "빨리 안 먹으면 상해. 어쩔 수 없이 다 가져왔어. 얼른 먹어 버려!"라고 대수롭지 않다는 듯 말하며 내밀었다. 내 자존심이 상하지 않도록 챙겨줬다.

친구들 사이에서 소외될 때 도와주거나 매번 어머니의 떡볶이를 사 가는 친구 이야기도 분명 감동적이다. 하지만 이 학생은 소풍날 이야기를 가장 감동적인 이야기로 꼽았다. 이처럼 어떤 경험을 했느냐에 따라 감동의 크기는 주관적으로 바뀐다. 소풍날 초라한 도시락 때문에 부끄러워지는 순간, 친구가 슬그머니 도시락을 내밀던 모습은 아마 시간이 지나도 이 학생에게 잊히지 않을 것이다.

④
천하 제일 고민 자랑 대회

친구들의 다양한 이야기를 듣다 보니 카타르시스를 느끼기도 하고 혼자서만 고민하는 것이 아니라는 위안을 얻기도 했을 것이다. 이것이 바로 글쓰기의 힘이다.

이번에는 자신의 이야기를 할 차례다. 어쩌면 이 시간을 위해 닉네임 짓기부터 시작해서 여러 가지의 글쓰기를 거쳐 자신과 다른 사람을 돌아보았는지 모른다. 생각해 보면 우리는 아픔, 고민을 털어놓기 위해 글을 쓰는 것은 아닐까?

그러니까 고민을 털어놓는 것을 두려워하지 않아도 된다. 고민, 아픔이 없는 사람은 없다. 가슴 속에 들어 있는 걱정과 고민을 적다 보면 고민의 무게가 조금 가벼워지기도 한다. 그래서 우리는 일기를 쓰기도 하고, 가까운 사람들에게 털어놓기도 한다. 비밀을 꼭 지켜 달라고 말하면서! 약속했듯이 그 누구에도 알리고 싶지 않다면 글을 제출하지 않아도 된다.

여기, 자신의 아픔을 담은 글을 하나 공개하고자 한다. 미리 글쓴이의 동의를 얻었다. 이 학생은 많은 사람 앞에서 자신의 이야기를 발표했고, 이후 다른 사람의 시선에서 벗어날 수 있어서 마음이 편해졌다고 했다. 그리고 친구들은 그 학생을 더 잘 이해하는 기회

감동은 아무리 먹어도 살 안 쪄!

가 되었다고 했다.

아빠 이야기를 하고 싶다. 친구들에게도 하지 못한 이야기.

다섯 살 때 엄마가 새아빠와 재혼을 했다. 요즘은 이혼한 사람이 많다고,

돌싱이라고 웃으면서 말하는 연예인이 많지만 아직까지 사람들은

새아빠 새엄마와 사는 청소년을 좀 이상하게 바라본다. 그 시선이

너무 싫어서 입을 다물고 산다.

하지만 여러 가지 서류를 발급 받으면 바로 알 수 있다. 아빠와 내 성이

다르기 때문이다. 내가 학교에서 조금만 문제를 일으켜도 새아빠와

살아서 그렇다고 생각하는 선생님마저 있다. 같은 잘못을 한 친구도

많은데 유독 나에게는 그런 시선을 보낸다. 왠지 밝고 씩씩하게 살아야

할 것 같은 생각도 든다.

새아빠와 새엄마. 그중 우리나라에서는 새아빠와의 관계가 더 어렵다.

우리 사회는 외가보다는 친가를 중심으로 움직이기 때문이다. 제사,

명절 때 새할머니를 비롯해 친척들을 만나야 한다. 난 딸이라서

다행인데 동생은 남자라서 제사, 명절에 꼭 새할머니 댁에 가야 한다.

가기 싫어하는 동생을 볼 때마다 나도 모르게 한숨이 나온다. 새할머니

댁에 가면 동생은 낮에는 밖에서 놀다가 밤에 들어가는 눈치다.

십 년이 넘었지만 지금도 편하지 않은 사이. 아빠에게 편하게 반말하고

짜증을 부리는 친구를 볼 때 부럽기도 하다. 재혼가정이 나오는 방송을 새아빠와 함께 보면 참 난처하다. 다행히도 새아빠와 갈등은 없지만, 가끔 친아빠에게 연락이 올 때가 있다. 친아빠를 만나러 갈 때 새아빠에게 미리 말해야 하는 걸까? 다른 친구들은 하지 않아도 되는 고민을 해야 할 때 한숨이 터져 나온다.

하지만 그런 환경이 세상을 다르게 보도록 이끌어 준다. 원치 않는 상황 때문에 힘들어하는 사람들을 보면 남 같지 않고 좀더 따스하게 대하려고 한다. 또래 친구와 다른 시선으로 세상을 볼 수 있다.

　먼저 어려운 이야기를 들려준 학생에게 고맙다 말하고 싶다. 조금 더 가까워진 기분이다. 나도 힘든 일이 있으면 이 친구에게 말해도 되겠다는 믿음이 생겼다. 내 고민을 이해할 정도로 삶을 깊은 시선으로 바라보는 능력이 있을 테니까. 아픔이 있는 사람은 확실히 생각의 깊이가 다르다.

　이 글의 장점은 진정성이고 제사, 명절의 풍경 등 구체적인 사례가 있어서 공감된다. 만약 일상 이야기가 빠졌다면 이렇게까지 와 닿지는 않았을 것이다. 우리는 새아빠라는 그 소재 자체보다는, 그것 때문에 겪어야 하는 구체적인 일과 마음에 더 집중한다. 지겹도록 말하지만 구체적인 사례가 나와야 좋은 글이다.

감동은 아무리 먹어도 살 안 쪄!

진정성은 좋은 글의 기준이다. 작가의 경험을 담은 산문은 물론이고, 허구의 인물을 주인공으로 내세운 소설도 작가가 인물에게 얼마만큼의 진심을 담느냐에 따라서 이야기의 흐름과 분위기가 달라진다. 주인공을 진짜 내 부모, 형제, 누나처럼 생각하고 묘사하면 대화 하나하나를 허투루 쓰지 못한다.

남에게 털어놓기 어려운 고민은 산문보다는 소설로 쓰는 것이 좋다. 쓰기 훨씬 편하고 다양한 이야기를 할 수 있다. 내 이야기가 아닌 것처럼, 페르소나를 얼굴에 쓰면 되니까.

오늘도 끄적거리며 놀자

★ 주변 어른에게 고민이 무엇인지 물어 보고, 함께 해결 방법을 생각해 보자.

★ 자신의 진짜 고민을 쓰고 여러 번 읽어 보자. 다 읽으면 바로 종이를 아무도 보지 못하도록 작게 찢고, 물에 흠뻑 적셨다가 쓰레기통에 버린다.

2부

나만의
단편 소설을
완성하다

1

세 가지를 기억하니?

"소설을 쓰면 뭐가 좋나요?" 이렇게 묻는 학생이 있을 것이다. 수행 평가 챙기고 시험 준비하기도 바쁜데 소설을 쓰는 게 무슨 도움이 되냐는 의문이다. 이런 궁금증을 가진 학생에게 한 여학생 이야기를 들려 주고 싶다.

한 여학생이 단편 소설을 다섯 편 넘게 써서 가져온 적이 있다. 다섯 편을 연달아 쭉 읽었는데 공통점이 보였다. 주인공이 모두 중산층 집안의 여학생이고, 작품에 꼭 헬리콥터 맘(헬리콥터처럼 자녀 주위를 맴돌며 모든 것에 관여하려 하는 극성 부모) 같은, 자녀를 위해서 물불 안 가리고 나서는 엄마가 나온다. 반면 아빠는 보이지 않는다. 엄마가 모든 사건을 해결하고, 주인공은 무기력했다.

놀라운 점은 내가 말해 주기 전까지 글쓴이는 자신의 작품들에 똑같은 엄마가 나온다는 사실을 몰랐다는 것이다. 그 학생의 평소 삶을 잘 아는 나는 글쓴이의 생활, 성격 등이 어떻게 소설에 드러 났는지 바로 알아챘다. 글쓴이는 부유한 집안에서 자랐고, 아버지가 안 계시고, 매사 어려운 일은 엄마가 개인 매니저처럼 맡아 해결했다. 조금만 힘들어도 엄마에게 전화하는 이른바 마마걸 캐릭터인데, 그 모습이 소설에 나타난 것이다.

이 이야기를 해주면 학생들은 자신의 모습도 소설에 어떻게 나타날지 궁금해한다. 실제로 청소년기에 소설을 써보면 헬리콥터 맘을 소설에 등장시킨 학생처럼 자신의 무의식을 깨닫고, 앞날을 계획하는 데 큰 도움이 된다.

1부에서 우리는 여러 가지 짧은 글을 쓰면서 문장과 친해지는 시간을 가졌다(정확히는 글쓰기 공포증을 없애려 고군분투했다). 글쓰기 수업을 마친 학생들은 자기 검열이 없고 산문보다 상상하는 재미가 있는 소설 쓰기에 관심을 가졌다. 학생들은 연애, 추리, SF 등 다양한 장르의 소설을 직접 써보고 싶다 먼저 제안했다. 그렇게 나는 소설 창작반을 만들게 되었다.

그리하여 2부에서는 단편 소설 한 편을 완성하는 것을 목표로 한다. 완성이라고 해서 벌써부터 겁먹을 필요는 없다. 글쓰기의 난이도는 1부와 비슷할 것이고, 재미는 그 배가 될 테니!

두 친구가 교실에서 싸웠어요

국어 시간에 배운 소설의 3요소가 기억나는지? 그렇다! 인물, 사건, 배경이다. 앞에서 계속해서 언급해 이제 외운 학생도 있겠지만, 소설 쓰기에서는 이 3요소가 정말 중요하니 다시 한번 정리를 해보자.

쉽게 설명하면 이렇다. 아침에 교실에서 친구 두 명이 발표 과제 때문에 싸웠다. 이 장면을 소설 구성으로 바꾸면, 인물은 친구 두 명이고 사건은 발표를 누가 할 것인지 정하다가 싸움이 커진 것이다. 배경은 물론 교실이다.

좀더 자세히 들여다보자. 첫 번째로 인물의 성격에 따라 생기는 관계가 있다. 한 사람이 적극적이고 발표를 즐긴다면 자신이 발표를 하겠다 했을 테고 그러면 싸움으로 번지지 않았을 것이다. 애초에 소설이 될 수 없다. 두 사람이 예전부터 서로를 좋아하지 않았다는 설정이 붙을 수도 있다. 예를 들어 평소 부자인 한 명이 너무 잘난 척을 했다거나, 둘이 사사건건 비교되는 라이벌 관계였을 수 있다. 이런 밑바탕이 추가되면 수행평가 발표를 앞두고 싸움이 커진 것이 납득이 간다. 사건이 설득력을 갖도록 미리 인물을 철저하게 계획해야 하는 이유다. 인물을 설정할 때는 성격, 외모, 성적, 집안 형편 등 다방면의 상황을 파악해야 한다. 사소해 보이지만 세세한 조건들이 그 사람의 말투, 무의식 등에 반영되어 갈등과 사건을 일으키기 때문이다.

두 번째로 살펴볼 사항은 배경의 중요성이다. 두 친구의 다툼은 교실에서 벌어진다는 필연성을 갖는다. 느닷없이 교회나 절에서 싸우지는 않을 것이다. 수행평가 발표가 이유니 교실에서 싸우는 것이 집이나 다른 장소에서 싸우는 것보다 더 현장감이 살기도 한다.

이렇게 사건과 배경, 인물이 잘 연결되어야 구성이 탄탄하고 설득력을 갖는다. 점쟁이도 아닌데 어떻게 한 사람의 일거수일투족을 완벽히 설정하고 알맞은 곳에 데려다 놓을 수 있느냐고? 그래서 소설을 처음 쓰는 초보자는 자신을 주요 인물로 등장시키면 좋다. 세상에서 자신이 가장 잘 아는 사람은 자기 자신이기 때문이다. 작가들의 등단작이 스스로의 경험을 바탕으로 하는 경우가 많은 이유다. 물론 나도 그랬다.

자, 아직 감이 오지 않는가. 백 번 듣느니 한 번 써보는 것이 좋을 것이다. 백문이 불여일쓰! 소설의 3요소 간 관계를 유념하며 실제 소설 쓰기를 시작해 보자.

②
누구나 쓰는 소설!

소설은 산문과 다르게 분량이 많고 허구의 등장인물이 나와서, 쓰
다 보면 객관적 시선을 잃어버릴 수 있다. 그래서 다른 사람의 의견
을 듣고 여러 시선으로 작품을 들여다보는 것이 중요하다. 등장인
물 두 명이 도서관에서 만나 사건이 시작되는 이야기를 읽어 보자.

---

① 첫 번째 주인공이 등장한다

이름 한루오. 열일곱 살 남자. 고등학교 중퇴. 외모가 출중해 학교

다닐 때 인기가 많았다. 자신이 인기가 많은 것을 알고 있다. 찍으면

다 넘어온다는 도끼병 환자. 공부를 싫어하고 역사 책을 즐겨 읽는다.

경제적으로 넉넉하지 않아 학교를 땡땡이 쳐도 갈 곳은 돈이 안 드는

구립 도서관뿐이다.

평일 오전 미세먼지도 없이 맑은 날, 도서관 자료실이다. 루오는 학교에

안 가서 기분이 좋지만, 부모님 잔소리도 듣기 싫고, 점점 지루해진다.

커피를 마셔서 정신을 차리고 싶은데 카페에 갈 돈은 없다. 결국 자판기

쪽으로 간다.

세 가지를 기억하니?

② 두 번째 주인공이 등장한다

이주미. 스물네 살. 대학교를 졸업한 백수. 돈도 안 벌고 매일같이 글만 쓴다고 집에서 눈총을 받는 형편이다. 아침이면 무조건 도서관으로 도망친다. 문학상에 당선되어서 상금으로 가난한 백수 생활을 탈출하고자 한다. 청소년이 주인공인 소설을 쓰려고 취재 중이다. 늘 청바지를 입고 모자를 쓰고 다닌다. 돈을 아끼려 미용실에 안 간 지 벌써 석 달이 되었다. 우리 시대 안타까운 청년의 상징으로 자판기 커피만 마셔서 아침마다 위가 쓰리다.

③ 두 사람이 만난다

자판기에서 커피를 뽑은 주미가 뒤돌아서는데, 음악을 들으며 딴짓을 하던 루오와 부딪힌다. 루오의 티셔츠에 커피가 쏟아지고, 루오는 뜨겁다고 소리를 지른다. 주미는 다급하게 휴지로 루오의 티셔츠에 묻은 커피를 닦는다. 주미는 피해 보상을 요구할까 봐 걱정하며 루오를 다정하게 챙긴다. 루오와 잠깐 이야기를 나누다 그가 고등학생인 것을 알게된 주미는 속으로 환호를 지른다. 취재 대상 발견! 루오는 다정한 주미를 보며 혹시 자신을 좋아하나 생각한다. 하지만 나이가 너무 많아서 관심이 안 간다.

첫 만남부터 호기심을 자극하는 이야기다. 도끼병이 있는 청소년과 소설 취재 대상이 필요한 백수 대학생이라는 설정이 자연스레 맞물려 첫 만남에 생기를 더하고 앞으로 무슨 일이 벌어질지 궁금해진다. 이 이야기를 읽은 학생들은 저마다 앞으로 전개가 어떻게 될지 의견을 냈다. 주미가 귀신이라는 반전이 있으면 좋겠다, 주인공 둘 다 책을 좋아하니 공저자로 책을 써서 대박이 나는 결말이 좋겠다 등 저마다 원하는 결말을 이야기하느라 한동안 시끌벅적했다.

이 이야기는 소설의 구성 단계로 살펴보면, 발단 즉 '기'에 해당한다. 기승전결은 소설에서 사건의 진행과 인물의 갈등 흐름을 보여주는 구성 단계를 말한다. 발단, 전개, 절정, 결말이라 하면 더 쉽게 이해할 수 있을 것이다.

발단은 이야기가 시작하는 부분으로 공간 묘사와 배경 설명, 등장인물이 나온다. 여기서는 인물의 갈등을 예고해야 한다. 기에서 만난 주인공들이 승에서 갈등을 본격적으로 시작하고, 전에서 갈등이 더 커져 폭발하다가 결에서 화해하고 마무리하는 것이 기본 흐름이다.

이때 갈등이라 하면 친구와의 싸움, 선생님에게 혼난 일, 시험 때 커닝을 하다 들킨 일처럼 전개가 분명한 것도 있지만, 커닝을 할까 말까 혼자 고민하거나 사랑 고백을 망설이는 일 등 좀 밍밍한 것도 다양하게 나올 수 있다.

소설에서 중요한 것 중 하나가 '리얼리티'라고 하는 사실성, 현실성이다. 이 작품에서는 돈이 없어서 구립 도서관에 오고, 자판기 커피를 마시는 부분이 현실성을 높인다. 돈이 없는데 비싼 커피를 마신다면 독자가 고개를 갸웃할 것이다. 비싼 커피가 설득력을 가지려면 돈이 없지만 허세가 가득하다는 추가 설정이 있거나, 일주일에 한 번 자신에게 주는 선물이라는 이야기를 덧붙여야 한다. 이런 설정이 없다면 리얼리티가 없어서 독자는 이야기에 몰입하지 못한다.

소설은 허구다. 따라서 모든 것을 현실성 있게 만들어 독자가 진짜처럼 느끼도록 해야 한다. 초보자는 리얼리티 확보를 위해 자신을 주인공으로 삼으면 좋다. 소설의 배경이 사투리를 쓰는 시골이고, 주인공이 분명 서울에 있는 대학교에 입학했는데, 4월에도 시골에 살면서 과외를 하면 리얼리티가 없다. 특히나 시작 단계부터 현실성이 떨어지면 독자가 작품에 몰입할 기회조차 사라지는 것이니 더 주의하는 게 좋다.

③
많이 읽고 쓸 시간이 없다면

소설을 습작할 적에 선생님에게 소설 잘 쓰는 방법을 자주 물어봤다. 그러면 선생님은 많이 읽고, 많이 쓰고, 많이 생각해야 작가가 된다고 짧게 답하곤 하셨다. 많이 읽고 생각하면 잘 쓸 수 있다? 동의하기 어려웠다. 또 많이 생각하라고 하는데, 뭘 어떻게 생각하라는 건지 도무지 알 수 없었다. 살아 있는데 생각 안 하는 사람도 있나? 이런 의구심도 들었다.

세월이 흘러 작가 지망생을 자주 만나다 보니 글쓰기는 어떻게 시작해야 하는지 제법 질문을 받게 되었다. 그러면 나도 '세 가지 많이' 시리즈를 늘어놓는다. 글을 쓰다 보니 잘 쓰는 비법, 노하우는 없었다. 그래서 어렵고, 그래서 또 쉬울 수 있다.

초등학생 때부터 학원을 다니고 과외 수업을 받으며 큰 후배가 대학교 졸업 후 소설가를 꿈꾸며 습작을 시작했지만 실력이 늘지 않았다. 고민을 하다가 나에게 소설 쓰기 족집게 과외는 없는지 물은 적이 있다. 그런 과외가 있다고 해도 글쓰기는 작가 각자에게 맞는 방법이라 다른 사람에게 고스란히 전해줄 수 없고, 오로지 스스로 터득해야 한다고 냉정하게 말했다. 학원에서 정해 준 책만 읽고 요점 정리된 내용을 속독으로 암기하던 버릇을 버리지 못하면 소설을 쓰기 힘들다고 덧붙이기도 했다. 도서관에서 살며 어떤 책을 읽을지 독서 목록을 만드는 것에서 시작하라고 조언했으나, 그 후배는 곧 습작을 접었다.

좋은 작품을 쓰려면 많이 읽어야 하지만 수업 시간은 한정되어 있다. 이럴 때는 단편 소설이 도움이 된다. 인물, 사건, 배경이 잘 짜여진 단편 소설 한 단락만 함께 읽어 보자. 물론 수업이 끝난 후에 집에 가서 작품 전체를 다 읽겠다고 스스로와 약속하자. 돌아가며 세 문장씩 읽고, 재미있는 문장 스무 개를 표시하고, 끝난 후 그 문장을 연결해서 짧은 이야기를 만들자.

실제 수업 시간에는 〈무진기행〉, 〈아Q정전〉, 〈자전거 도둑〉을 한 단락씩 읽었다. 김승옥의 〈무진기행〉은 공간적 배경이 작품의 주제가 된 소설이다. 루쉰의 〈아Q정전〉은 '정신 승리' 캐릭터가 얼마나 매력적인지 살펴볼 수 있다. 박완서의 〈자전거 도둑〉은 교과서에 수록된 작품이라 청소년에게 친숙하고, 사건을 전개하는 방법을 익히는 데 도움이 된다.

다음은 세 작품을 읽고, 문장을 연결해 〈울지 마! 수남아〉라는 짧은 이야기를 만든 것이다.

울지 마! 수남아

전교 일등에 운동 천재 수남이는 무진으로 수학여행을 가는 버스에서
책을 읽는다. 제목은 《자라나라 머리 머리》.

공부면 공부, 운동이면 운동, 유머면 유머 모든 걸 가진 수남이에게
딱 한 가지 아쉬운 점이 있다. 바로 머리숱이다. 사막의 오아시스 옆에
서 있는 나무 한 그루처럼 머리카락이 듬성듬성하다. 할아버지, 아버지
모두 탈모이긴 하지만 설마 자신까지 이렇게 어린 나이에 탈모를
물려받을 줄 몰랐다. 유전의 힘이란 무섭다! 아침에 머리를 감을 때마다
두렵다. 오늘은 얼마나 빠졌을까? 아버지의 발모제를 몰래 뿌리지만
효과가 없다. 아버지처럼 가발을 써야 하는 걸까?

수남이의 옆자리에 앉은 아큐는 오늘도 수남이에게 시비를 건다.

"이 털 버러지 같은 놈!"

"문둥이 개 같은 놈이 누구한테 욕이야?"

"누구긴 누구야? 바로 네 놈한테지!"

"너 몸뚱이가 근질거리는구나!"

아큐와 수남이는 서로 머리채를 잡고 싸웠다.

아큐는 소리 질렀다. "탈모가 어디서 나대?"

수남이는 지지 않고 맞받아친다. "네가 요즘 덜 맞았구나!"

부둥켜 싸우다가 선생님이 찾아온다. 짜이식, 수남이의 머리에 꿀밤을

세 가지를 기억하니?

때린다. 마치 목탁을 두드리는 것 같다. 선생님의 꿀밤으로 싸움이

끝났고 수남이는 앞에 앉은 지수에게 말을 건다. 지수는 수남이가

짝사랑하는 여학생이다.

수남이는 무진 '10km'라는 이정비를 가리키며 "내가 무진에 대해

설명해 줄까?"라 물었다. 출발하기 전 무진에 대해 공부를 했다.

지수는 뒤돌아보지도 않고 "됐어"라며 쌀쌀 맞게 거절한다.

수남이는 지식을 뽐내며 "들어 봐, 무진의 명물은 안개야! 안개는 마치

이승에 한이 있어서 매일 밤⋯⋯." 지수는 코를 골며 자기 시작했다.

옆에 앉은 아큐가 지수를 깨우더니 지수에게 아는 척을 시작했다.

지수는 아큐의 설명을 듣더니 멋있다는 눈빛을 보낸다. 너는 천재야!

지수가 눈웃음을 친다. 수남이의 질투가 버스 천장을 뚫고 나갔다!

"아큐가 나보다 좋은 이유가 뭐야? 공부도 못하고 운동도 못하잖아."

수남이가 눈을 부릅뜨며 물었다.

"넌 머리가 없잖아. 탈모잖아!"

지수가 차갑게 말했다. 옆에 앉은 아이들의 웃음소리에 음악이 안 들릴

정도였다.

〈울지 마! 수남아〉는 캐릭터와 공간을 모두 잘 살렸다. 갈등도 명

확하고 주제도 좋다. 사랑 이야기는 누구나 좋아하고 결말을 궁금

해한다. 예전이나 지금이나 가장 많이 나오는 주제로, 시간과 공간을 뛰어넘어 누구나 공감 가능한 보편적인 주제다. 가족 이야기도 마찬가지다.

또한 아큐와 수남이의 성격과 상황을 정반대로 설정해서 갈등의 폭이 넓어졌고 이야기가 잘 진행되었다. "질투가 버스 천장을 뚫고 나갔다!" 같은 표현이 맛깔스러워서 웃음을 준다. 주요 소재인 탈모는 요즘 많은 사람이 고민하는 문제고, 전체적으로 보면 외모 지상주의를 담고 있어서 좋은 글감이다. 글쓴이에게 이야기꾼의 재능이 보인다.

2

같은 상황, 같은 주제여도

＊

혹시 친구에게 "주제 파악이 안 되냐?"라는 말을 들어본 적이 있는지? 이런 무례한 말을 들으면 대부분은 "뭐? 너는 얼마나 잘났다고 그래?"라고 맞받아칠 것이다. 그렇다면 어떤 소설을 읽고 작가에게 "주제 파악이 안 된다!"라고 하면 어떤 반응이 나올까? 그렇다. 마냥 화부터 내지는 못할 것이다. 소설에서 '주제 파악이 안 된다'는 것은 '네 수준이 달린다'는 말이 아니라 '이야기가 뭔 말인지 모르겠다'는 뜻이다. 역시 작가 입장에서 듣기 좋은 말은 아니다. 인생이든 소설이든 주제 파악은 참 중요한 것이니.

이야기의 성공 여부는 주제에 달려 있다고 해도 과언이 아니다. 어떤 작가는 단편 소설에서는 주제가 없어도 된다고 하고, 또 어떤 습작생은 주제를 교훈적인 메시지로 오해해 모든 소설을 도덕적으로 끝내기도 한다. 하지만 나는 단편이든 아니든 모든 소설에는 주제가 꼭 있어야 한다고 생각한다.

주제란 무엇일까? 이 또한 수학 문제처럼 정답이 있는 것이 아니라 쉽게 정의를 내리기 어렵지만, 일반적으로 이야기 진행 방향 또는 이야기를 통해 세상에 하고 싶은 말이라 할 수 있다. 소설을 읽고 주제를 한 문장으로 명확하게 정리하기는 힘들다. 여러 주제가 복합적인 경우도 많고, 독자는 자신의 상황에 따라 다양한 시선에서 주제를 읽어 내기 때문이다.

이렇게 말하니 더 알쏭달쏭한 것 같지만 쉽게 생각해 보자. 예를 들어 시간이 남아서 집 밖으로 나갔다. 갈 곳이 없다면 어떻게 될까? 우왕좌왕하거나 정처 없이 움직인다. 반대로 목적지를 정해서 나간다면, 먼저 옷차림과 챙겨 갈 물건부터 달라진다. 목욕탕에 가려는 사람이 일부러 교복을 차려입고 교과서와 도시락을 챙기지는 않을 테니까. 서울에서 출발해 제주도로 간다면, 먼저 교통편을 확인하고 교통비를 마련할 것이다.

이처럼 이야기를 진행하는 명확한 목표, 또는 종착점이 소설에서는 주제다. 소설에서 주제가 중요한 것은, 주제에 따라서 인물의 대화, 공간에 대한 묘사, 사건이 바뀌기 때문이다. 주제가 없다면 소설 속 인물은 길을 잃은 꼬마처럼 어찌할 바를 모르고, 독자는 작가가 무슨 의도로 글을 썼는지 알 수 없어서 책을 구석으로 치워 버린다. 이번 시간에는 소설에서 주제의 중요성을 체험해 보자.

① 주제 파악 좀 해주실래요?

소설 속 공간과 인물은 같은데, 주제가 각각 사랑과 무한 경쟁이라면 묘사가 같을 수 있을까? 다음 설정을 보고 주제에 따라 이야기가 어떻게 달라지는지 확인해 보자.

설정1. 열일곱 살 동갑인 남자와 여자가 도서관에 있다.
　　　 모두 적극적이고 자기주장이 강하다.
설정2. 쪽지 또는 음료수가 사건 발단의 키워드다.

이 설정을 가지고 성적 경쟁, 사랑, 빈부 격차 세 가지 주제로 짧게 이야기를 써보자. 수업 중에 한 학생은 성적 경쟁을 주제로 이런 글을 썼다.

주제: 성적 경쟁

시험 기간, 남학생이 공부를 하러 도서관을 찾았다. 속이 답답해
탄산음료를 계속 마신다. 책상 맞은편 여학생이 글씨 쓰는 소리가
너무 커 귀에 거슬린다. 시험을 못 봐서 불안해진 여학생 또한 남학생이

같은 상황, 같은 주제여도

음료수 마시는 소리에 짜증이 난다. 남학생은 명문대 출신인 부모님이 성적을 높이라 압박해서 불안 장애를 앓고 있다. 과학고에 탈락한 후 스트레스를 받는 여학생도 시험 기간이라 너무 예민하다. 여학생이 화장실에 간 사이에, 남학생이 여학생 자리에 쪽지를 남긴다. "제발 조용해 주세요!"라고 적혀 있다. 돌아온 여학생이 화가 난 눈빛으로 주변을 둘러보다가 쪽지를 찢어서 남학생 쪽으로 던진다.

이 이야기를 살펴보면 커닝, 시험지 유출 같은 엄청나게 큰 설정이 아니라, 사소한 상황을 통해 예민한 청소년의 삶을 드러낸 것을 알 수 있다. 파릇파릇해야 할 청소년이 극한으로 몰린 상황이 안쓰러워 성적 경쟁이라는 주제가 더 와닿는다. 성적 스트레스에 예민해지는 것은 청소년 독자도 마찬가지고 더 자기 이야기처럼 몰입할 수 있다.

좋은 작품은 누구나 쉽게 공감할 수 있는 일상의 작은 문제로 주제를 드러낸다. 따라서 삶 속에서 좋은 글감을 찾는 눈을 키워야 글을 끊임없이 쓸 수 있다. 처음부터 큰 사건만 다루다 보면 더 강렬한 이야기를 찾게 되고, 그러다가 글감이 떨어지면 글을 못 쓰는 경우도 있다.

사랑을 주제로 이런 글을 쓸 수도 있다.

주제: 사랑

시험 기간이라 남학생이 도서관을 찾았다. 시험을 망쳐서 더 열심히 공부했다. 맞은편에 앉은 여학생이 음료수를 마시면서 공부하는데 실수로 캔을 쓰러트렸다. 시험지에 보라색 음료수가 번진다. 여학생이 화장지가 있는지 주변에 물어본다. 남학생이 가방에서 휴지를 꺼내 닦아준다. 남학생이 손을 씻으러 화장실에 다녀온 사이, "고마워요! 도서관 옥상으로"라고 적힌 쪽지와 음료수가 책상에 놓여 있다.

여학생을 바라보니 눈을 마주치고는 빙긋 웃는다.

이후가 궁금해지는 두근두근한 이야기다. 두 학생이 도서관 옥상에서 어떤 말을 하며 친해질까? 남학생에게 반한 여학생이 일부러 음료수를 쏟으며 사건을 키운 것은 아니냐는 추측이 수업 중 나왔다. 반전이다. 그렇다면 여학생은 적극적인 성격의 캐릭터가 된다.

주제: 빈부 격차

독서실에 갈 형편이 안 된 남학생은 도서관을 찾았다. 맞은편에 앉은 여학생이 최신 노트북으로 동영상을 본다. 남학생은 노트북이 없다.

같은 상황, 같은 주제여도

공부를 마친 여학생이 가방을 챙겨 나갔고 책상에 아직 뚜껑을 따지 않은 음료수가 있었다. 남학생이 냉큼 음료수를 마시며 흐뭇해할 때, 갑자기 여학생이 달려온다. 남학생은 음료수가 체한 것 같아 헉헉거린다.

"왜 남의 음료수를 마셔요? 음료수 옆에 시계를 놓고 갔어요. 보셨어요?"

"시계 없었어요."

"오십만 원도 넘는 시계라고요. 빨리 내놓으세요. 경찰 부를 거예요!"

여학생이 소리를 지른다.

남학생이 다른 사람이 두고 간 음료수를 마시는 장면은 궁상맞기도 하지만 좀 짠하기도 하다. 물론 주인공이 지갑 사정이 상대적으로 얄팍한 학생이니까 충분히 그럴 수 있다. 만약 주인공 나이가 사십 대 중반이라면 어떨까? 같은 장면도 더 강렬해질 것이다.

기왕 주제를 빈부 격차로 정했으니 노트북을 바라보는 남학생의 시선이 좀더 자세하면 주제가 더 선명할 것이다. 여학생의 노트북은 요즘 가장 잘 팔리는 모델로 매일 광고에 나온다고 묘사하면 더 좋다. 구체적으로 그려 내면 작품의 주제가 강해진다.

이 이야기를 읽은 다른 학생은, 두 학생이 경찰 조사를 받고 오해가 풀리면 서로 좋아할지도 모른다는 의견을 남기기도 했다. 이처럼 좋은 작품은 다양한 주제로 해석되기도 한다.

같은 상황에 성격만 바뀌면

같은 설정이라도 주제에 따라 이야기가 천차만별로 달라졌다. 이번에는 등장인물의 성격이 이야기에 어떤 영향을 끼치는지 살펴보자. 만약 똑같은 도서관 설정에 똑같은 주제인데 등장인물 성격이 소극적이고 여리다면 사건이 어떻게 흘러갈까? 적극적인 성격일 때와 어떻게 다른지 짧게 적으면서, 등장인물이 자신이라면 어떻게 했을지도 생각하자. 글쓰기의 시작은 언제나 자기 자신이라는 점을 잊지 말아야 한다.

주제: 성적 경쟁

시험 기간, 남학생은 공부를 하러 도서관을 찾았다. 책상 맞은편에 앉은 여학생이 글씨 쓰는 소리가 너무 커서 귀에 거슬린다. 집중이 안 된다. 조용히 해달라고 쪽지를 썼지만 전하지 못하고 집으로 돌아간다.

등장인물의 성격이 달라지니 상황과 장소가 같아도 사건 진행이 안 된다.

같은 상황, 같은 주제여도

주제: 사랑 고백

시험 기간이라 남학생이 도서관을 찾았다. 시험을 망쳐서 더 열심히 공부한다. 맞은편에 앉은 여학생이 커피를 마시면서 공부하다가 실수로 쏟았다. 시험지에 커피가 퍼져 나가고 당황한 여학생은 곧 울 기세다. 남학생은 가방에서 휴지를 꺼내 내밀고 싶지만 머뭇거린다. 여학생도 누군가에게 휴지가 있는지 묻고 싶지만 입을 떼지 못한다. 그사이 대학생으로 보이는 남자가 여자에게 휴지를 내밀고, 여자가 고맙다고 한다. 잠시 뒤 두 사람은 자판기 앞에서 커피를 마신다.

소극적인 성격의 독자는 잘 묘사된 남학생의 상황에 충분히 공감할 수 있다. 주인공의 행동이 너무 답답해 대신 휴지를 꺼내 주고 싶은 독자도 있을 것이다. 남학생이 머뭇거리는 바람에 여학생은 대학생과 커피를 마시고 친해졌다. 소심해서 사랑에 실패하는 남자를 주인공으로 설정했다면 적합한 이야기다. 사랑이 주제라고 해서 언제나 로맨스가 성공하는 것은 아니다. 고백도 못 해보고 늘 가슴 아파하는 주인공도 있는 법.

주제: 빈부 격차

독서실에 갈 형편이 안 된 남학생은 도서관을 찾았다. 맞은편에 앉은
여학생이 최신 노트북으로 동영상을 본다. 남학생은 노트북이 없다.
여학생이 나간 자리에 천 원짜리 음료수가 있었다. 남학생은 음료수를
마시고 싶지만 사람들의 시선 때문에 포기한다. 음료수를 포기하고
공부하는데, 갑자기 여학생이 달려온다. 여학생이 뭔가를 잃어버렸다고
중얼거리면서 밖으로 나간다.

남학생이 소심해서 음료수를 마시지 않았으니 당연히 여학생과
부딪힐 일이 없다. 여학생 또한 시계가 없어졌지만 소리를 지르며
찾지 않고 돌아가서 사건이 생길 수가 없다. 만약 이후에 남학생이
책상 아래에서 시계를 찾았다면 과연 어떻게 할까? 못 본 척할까?
아니면 경찰에 연락해서 주인을 찾아 달라고 할까? 상상은 자유지
만, 등장인물의 성격을 반영해야 한다. 같은 설정에 성격만 바꿔 써
본 학생들은 등장인물의 성격이 이야기 진행에 얼마나 중요한지 깨
달았다고 한다.

같은 상황, 같은 주제여도

3

사고를 치려면 제대로 쳐라!

"사고 치지 마!" 어른들이 자주 하는 말 중 하나다. 이 말은 소설 쓰기에서는 절대 금기라 할 수 있다. 소설은 인물이 예측할 수 없는, 좌충우돌 사고를 계속해서 쳐야 이야기가 흥미진진해지고 독자가 몰입한다. 사고를 잘 칠 수 있는 능력자가 유리하다.

주인공이 학교와 도서관, 학원만 오가며 게임도 안 하고 어른 말을 너무 잘 듣는 인물이라 사건이 일어나지 않는다면 아마 그 소설은 아무도 읽지 않을 것이다. 어른의 말씀에 충성하는 모범생은 소설의 주인공이 되기 어렵다. 그 안에서 겪는 스트레스나 갈등, 착한 아이 콤플렉스를 소재로 한다면 좋은 인물이 될 수도 있겠지만 풀어내기가 까다롭다. 소설은 독자에게 일종의 대리 만족인 판타지를 줘야 한다. 자신은 부모님 말씀을 거역하지 못하지만, 반항적인 주인공은 주체적으로 자신의 뜻을 펼쳐야 독자가 환호를 보내는 것이다.

평소 재미있게 본 드라마, 웹툰, 소설, 영화를 떠올려 보자! 속이 후련하게 가슴을 뻥 뚫리게 만든 사이다 같은 인물이 누구였는가? 반대로 보고 있으면 고구마를 백 개쯤 먹은 듯한 기분이 든 답답한 주인공은 누구였는가? 민폐 캐릭터라는 반갑지 않은 별명을 얻은

사고는 치려면 제대로 쳐라!

인물은? 사건은 흥미진진한데 그 이야기를 이끌어 갈 인물이 너무 무기력하거나, 너무 밉상이라 읽을수록 분노 수치가 상승한다면 그 이야기는 아무도 찾지 않을 것이다. 소설의 성공 여부는 몰입도가 좋은 캐릭터에게 있다고 볼 수 있다. 이번 시간에는 소설 속 인물이 어떻게 사고를 잘 치게 할지, 그리고 매력적인 주인공은 어떻게 만들지 함께 고민하자!

①

사고뭉치 등장이요!

원하는 인물을 주인공으로 삼아 답답한 일상에서 벗어나 학업 스트레스를 날려 버리는 사건을 만들어 보자. 단 상대방이 나와야 한다.

　다음은 수업 중 학생이 쓴 글 중에서 친구들이 가장 좋아했던 이야기다. 반응이 좋았다는 것은 매력적인 인물이 대리 만족을 줬다는 뜻이기도 하다.

주인공 설정

이름 한대범. 열아홉 살 남학생. 성적은 상위권으로 공부 스트레스를 많이 받고, 부모님은 두 분 다 교사다. 사는 곳은 인천. 외모는 평범하다. 웬만한 운동은 다 좋아한다. 꿈은 아나운서로 방송에 나오기를 바라지만, 부모님은 의사가 되라고 강요한다.

사건

시간은 9월 초. 아직도 한여름처럼 덥다. 대범은 제2외국어로 중국어를 공부해 중국 사람과 웬만큼 의사소통이 가능하다. 인천공항에서 상하이까지 가는 저렴한 항공편이 있다고 해서 중국으로 떠난다. 검색해 보니 티켓 값이 비싸지 않다. 홀로 상하이를 구경하다가 선글라스를 끼고 머리가 긴 또래 여자를 만난다. 혼자 구석에서 경치를 구경하는 여자의 지갑을 소매치기가 훔쳐 간다. 여자가 한국말로 도와 달라 외쳤고 대범이 달려가서 지갑을 찾아온다. 알고 보니 그 여자는 유명 아이돌 그룹의 멤버. 가수 생활이 힘들어 중국 공연 중에 숙소를 빠져나와 자유 시간을 보내는 중이다. 여자와 대범은 동갑이다. 여자는 대범이 듬직하고 성격은 시크하다고 생각한다. 잘생긴 연예인만 보다가 운동을 잘하는 대범을 보니 더 좋았던 것이다. 여자가 대범에게 전화번호를 물어보고 둘은 연락을 주고받기 시작한다. 대범은 저녁 비행기로

사고는 치려면 제대로 쳐라!

인천으로 돌아온다. 며칠 뒤 인터넷에 여자와 대범이 데이트를 한다는 기사가 올라온다. 모자이크 된 사진도 있다. 파파라치에게 찍힌 것이다. 학교로 기자들이 몰려와서 진짜 애인 사이인지 묻는다. 중국인 기자도 많다. 여자는 중국에서 가장 인기 있는 아이돌이니까. 팬이 몰려와 대범을 협박해 학교에 다닐 수 없을 지경이다. 테러 위협까지 받고 악플이 쏟아진다. 핸드폰도 사용할 수 없다. 대범이네 부모님과 학교 전화도 마비가 된다. 그러던 중 여자가 연애를 인정하고, 두 사람은 공식 연인 사이가 된다.

이 이야기는 수업 중 유독 학생들의 환호를 받았다. 주인공이 이름답게 대범하게 사고를 쳤고, 그럴수록 독자는 더 몰입했다. 공부 스트레스에 시달릴 때 이런 이야기를 읽으면 잠시 머리를 식힐 수 있지 않을까? 나에게도 언젠가 이런 사랑이 찾아오기를 바라며!

이 둘은 주인공이 적극적으로 소매치기를 잡은 덕분에 맺어진 인연이다. 무서워서 우물쭈물했다면 아무 일도 일어나지 않았을 것이다. 주인공이 인천에 살고 제2외국어로 중국어를 배운 덕분에 상하이로 가는 비행기에 올랐다. 운동을 잘해서 소매치기를 잡을 수도 있었다. 이런 설정이 조금이라도 현실성이 있어서 허무맹랑한 이야기를 계속해서 읽게 만든다.

이 글을 쓴 학생은 상상하는 재미에 시간 가는 줄 모르고 글을 썼다고 했다. 두 사람이 앞으로 어떻게 될지도 쓰고 싶다며 눈을 반짝거렸다. 나도 무척 궁금하다.

②
사이다 vs 고구마

어린 시절 콩쥐 캐릭터를 보면 너무 답답했다. 다행히 이야기 속에서는 복을 듬뿍 받지만 현실에서는 그렇지 않기 때문이다. 콩쥐가 옆의 친구라면 그렇게 착하게 살지 말라고 다그치고 싶었다. 심청이도 솔직히 좀 이해하기 어려운 고구마 캐릭터였다. 아버지를 모시고 잘 살면 될 텐데, 왜 죽으러 가는 걸까? 그것이 효도일까? 돌이켜 보니 어린 시절부터 좀 삐딱했나 보다.

반대로 린드그렌의 동화 삐삐 시리즈를 보고 통쾌한 적이 많았다. 가장 좋았던 이야기는 삐삐가 어른들의 손에 끌려 학교에 간 날일이다. 선생님이 덧셈 질문을 했는데 삐삐가 모른다고 했다. 그랬더니 선생님이 한숨을 내쉬며 스스로 답을 말했다. 그때 삐삐가 선생님에게 되묻는다. "알면서 왜 물으세요?" 얼마나 웃음이 나오던지!

사고는 치려면 제대로 쳐라!

수학을 너무 싫어하던 나에게 삐삐가 대리 만족을 주었던 것이다. 나도 칠판에 적힌 수학 문제를 풀지 못해 선생님에게 혼났던 적이 많았다. 아이들의 비웃음은 덤이었다.

이제 속이 후련해지는 사이다 같은 캐릭터를 만들어 보자. 읽는 사람도 쓰는 사람도 모두 유쾌 상쾌 통쾌해지면 좋다. 이것 또한 카타르시스라 할 수 있다.

캐릭터가 중심이 되어 이야기를 진행하는 대표적인 장르가 시트콤이다. 그 예로 〈거침없이 하이킥〉 중에서 이순재 씨가 주인공인 '방송 굴욕 3종 세트', 나문희 씨가 주인공인 '밍크코트 사수기' 두 편을 짧게 시청하고 두 캐릭터를 살펴보자. 이 둘은 할아버지, 할머니의 고정관념을 깨는 코믹한 인물로 살아 있는 캐릭터가 무엇인지 쉽게 알려준다.

할아버지는 흔히 인자하고, 늘 베풀고, 뭐든 용서하는 모습으로 그려진다. 식상하고 도식적이고 죽어 있는 캐릭터다. 할아버지도 화가 나면 폭발하고, 삐치고, 맛있는 것을 몰래 먹는 진짜 인간처럼 그려야 좋은 캐릭터다. 돈을 아끼려고 사고 싶은 옷을 안 사는 할머니보다 거짓말을 하면서 몰래 밍크코트를 사는 할머니가 진짜 인간의 모습이고 모든 시청자에게 사랑받을 수 있다. 이것이 바로 살아 있는 멋진 캐릭터다.

이런 할아버지 할머니 캐릭터를 염두에 두고 이번에는 자신이 칠

십 대가 되었을 때 어떤 모습이길 바라는지 캐릭터를 묘사해 보자. 이번 글에도 구체적으로 옷차림, 말투, 사는 곳, 취미, 직업 등을 적어야 한다.

일흔 살 나는 산타 누님

머리를 짧게 자르고 와인색으로 염색한 칠십 대 여성. 할머니라는 말을 정말 싫어한다. 나이는 숫자에 불과하다는 말을 직접 보여 주는 듯 청바지를 즐겨 입는다. 매일 인터넷에서 최신 신상이 나왔는지 살펴보고, 청소년이 자주 쓰는 신조어를 공부한다. 그래서 또래보다 훨씬 젊은 사람과 친하다. 운동을 매우 잘해 아픈 곳이 별로 없고, 여행을 자주 하며 많은 사진을 찍고, 실시간으로 유튜브 방송을 해 광고 수입이 꽤 된다.

그 돈으로 더 많은 곳을 여행한다. 대학생에게 꾸준하게 장학금을 줘 산타 누님이라는 별명도 있다. 체육학과 친구와 친해 공짜로 운동을 배웠다. 어느 날 길에서 소매치기를 발견한다. 구두를 벗고 맨발로 뛰어가 이단 옆차기로 제압한다. 모범 시민 표창을 받고, 언론에 나와 실시간 검색어 1위에 등극하고, 유튜브 구독자가 100만 명을 돌파해 월 1억 원 이상의 수입을 얻는다. 뭐 하나 부족한 게 없어서 좋아하는 사람을 찍으면 100퍼센트 넘어온다. 그러다가 연하남과 사랑에 빠져

사고는 치려면 제대로 쳐라!

결혼을 하고 결혼식을 유튜브로 실시간 생중계한다.

자신의 현재 욕망을 할아버지, 할머니 캐릭터에 넣었다는 것을 알 수 있는 글이다. 부자 동네에 살고, 옷을 세련되게 입고, 여행을 좋아하고, 젊어 보이는 외모에, 연애를 잘하는 사람 그리고 무엇보다 돈을 많이 버는 사람이 되길 원한다. 이 할머니의 가장 큰 매력은 장학금을 잘 주는 것이 아닐까?

그렇다면 이런 궁금증도 든다. 사십 대에게 훗날 자신이 원하는 할머니, 할아버지 모습을 묘사하라고 하면 어떻게 할까? 아마도 십 대와는 다른 시선이 있지 않을까? 주변에 어른이 있다면 한번 이야기를 나누어 보자.

③
사랑은 제대로 보여 주자!

힘들 때 누군가 나를 챙겨 준다는 느낌을 받으면 가슴이 뭉클해지고 힘이 난다. 친구가 "나는 너를 챙겨 줄게!"라고 직접적으로 말한다고 큰 감동을 받지는 않을 것이다. 감동은 구체적인 행동으로 보여 줘야 한다. 예를 들어 수학여행 중 몸이 아파 버스에서 내릴 수 없는데, 친구가 내 옆에 같이 있어 줄 때 진한 우정을 느끼지 않을까?

이 상황을 소설로 바꿔 보면, 친구가 직접 챙겨 주겠다고 말하는 것은 설명이라 할 수 있다. 주인공이 아픈데 친구가 별말 없이 따스한 물과 약을 챙겨 주는 것은 묘사라 할 수 있다. 소설도 현실과 마찬가지다. 친구가 사랑한다고 백 번 말한다 한들 단 한 번도 행동으로 보여 주지 않으면 그 마음을 믿지 않는다. 구체적인 행동으로 보여 줘야 독자가 친구의 마음에 동의하며 이야기에 빠질 수 있다. 문학에서는 이렇게 묘사가 중요하다.

또한 소설에서는 사랑한다, 좋아한다, 싫다 등의 관념어를 직접 사용하지 않는다. 관념어는 명확히 설명할 수 없는 심리를 나타내는 단어다. 그렇다면 어떻게 사랑하는 감정을 드러내야 할까? 여러 상황을 통해 보여 줘야 한다. 아무리 들어도 감이 오지 않을 때는 직접 써봐야 한다. 다음 설정을 바탕으로 마음을 묘사해 보자.

'분식집에서 떡볶이를 먹다가 옆에 앉은 사람에게 호감이 생겼다.' 어떻게 이 장면을 설명이 아닌 묘사로 표현할 수 있을까? 장소에 집중해서 주인공 캐릭터를 생생하게 묘사하자.

사고는 치려면 제대로 쳐라!

분식집에 가서 라볶이와 돈가스를 포장해 달라 부탁했다. 매장에 또래가 많아 혼자 먹기에는 민망했다. 음식을 기다리는데 어떤 여자애가 와서 당당하게 음식을 주문하고는 가운데 자리에 앉았다. 다들 친구와 수다를 떨며 먹을 때, 여자애는 스마트폰을 보는 척도 안 하고, 당당하게 혼자 김밥을 먹기 시작했다. 배는 고픈데 음식이 늦게 나와 괜히 어묵 국물만 종이컵에 떠서 먹었다. 예상보다 너무 뜨거워 컵을 떨어트렸다. 교복 바지에 국물이 쏟아져 나도 모르게 작게 비명을 질렀다. 다른 사람이 모두 멀뚱멀뚱 바라볼 때, 그 여자애가 와서 휴지 뭉치를 내밀며 다치지는 않았는지 물었다. 그러고는 아줌마에게 물수건을 빨리 달라고 재촉했다. 그 다정한 말투에 온몸에 전기가 통한 것 같았다. "고마워!"라고 짧게 속삭였는데 그 아이가 들었는지 모르겠다.

어묵 국물이 허벅지에 쏟아졌을 때의 뜨거움이 느껴지는 글이다. 아파서 소리를 질렀는데 아무도 도와주지 않으면 아픔보다 부끄러워서 더 고통스러울 것이다. 이때 또래의 여자가 먼저 나서서 도와주고, 물수건까지 챙겨다 준다면? "고마워!"라고 짧게 속삭이는 남자의 마음이 잘 전달된다. 호감을 몇 단어로 표현하지 않아도 마음이 느껴지는 이야기로, 소설의 발단에 활용해도 좋겠다.

배경을 학교 앞 분식집으로 하고, 여자아이를 같은 학년인데 반이 달라서 잘 모르는 사이였다고 설정하면 뒷이야기가 더 풍성해지지 않을까? 두 사람의 성격이 정반대라서 더 많은 이야기가 나올 것 같아 기대가 된다.

4

마지막 가이드, 소설 계획표 쓰기

*

이제 단편 소설 한 편을 온전히 써야 하는 시간이 왔다. 이제 겨우 종이 한 장을 채우는데, 어떻게 소설에 도전할 수 있냐고? 조금 단호하게 말하겠다. 그런 쓸데없는 질문을 할 시간에, 무모해 보이지만 바로 소설 쓰기를 시작하면 어떨까? 우리는 지금까지 문장과 친해지기에서 시작해 소설의 구성 요소를 살펴보았고 나아가 매력 있는 캐릭터 만들기, 설득력 있는 배경 설정하기 등 기초 작업을 충분히 익혔다. 소설을 쓰기 전에 좋은 교재로 공부하고 싶다고? 소설 쓰기의 가장 좋은 교과서는 자신이 쓴 작품뿐이다. 자기가 쓴 소설을 분석하다 보면 자연스럽게 주제, 소재, 인물, 사건, 개연성 등을 유기적으로 이해할 수 있으니 말이다.

등단하기 전 소설 공부 모임에서 만난 친한 선배가 있었다. 자신은 소설 쓸 준비가 안 되었다면서 세계 명작 소설 100편, 한국 명작 소설 50편을 다 읽고 소설을 쓰겠다고 했다. 목표량을 다 읽지 못한 탓인지, 선배는 결국 소설 한 편도 완성 못 해보고 창작을 접었다. 이렇게 오랫동안 마음의 준비만 하다 보면 시도도 못 하고 접게 된다. 오죽했으면 "시작이 반"이라는 멋진 속담부터, "무식하면 용감하다"라는 말까지 있지 않겠는가! 창작에서 가장 중요한 것은 딱 하나, 지금 당장 펜을 드는 것이다! 롸잇 나우right now!

그래도 두려워서 시작을 못 하겠다는 이를 위해, 마지막 가이드를 제안하겠다. 긴장도 풀고, 마음속에 있는 생각을 정리할 겸 계획표를 함께 짜는 것이다. 물론 계획대로 진행이 안 될 수도 있으니 걱정하지 마라. 소설도 우리의 인생을 닮아 늘 예측 불허니까.

①
단편이 먼데?

먼저 단편 소설을 구성하는 법을 짧게 설명하려 한다. 소설은 자유롭게 쓰는 것이지만 최소한의 틀은 맞춰야 이야기가 효율적으로 진행되어 주제를 독자에게 전달할 수 있다.

소설은 분량과 내용을 기준으로 단편 소설과 장편 소설로 나눈다. 단편 소설은 짧은 시간, 한 공간 안에서 최소의 사람이 등장해서 갈등하고 해결하며 삶의 단면을 보여 준다. 반대로 장편 소설은 다양한 인물, 많은 사건, 여러 공간과 긴 시간을 통해 인생의 다양한 모습을 이야기한다. 소설 계획표를 짜기 전에 먼저 단편 소설 창작의 기초를 알아보자.

첫째는 시점이다. 1인칭의 장점은 자신의 이야기라 작가가 쓰기 편하고, 독자가 몰입하기 쉽다는 것이다. 다만 다른 사람의 심리를 들여다볼 수 없고 간접적으로 묘사만 한다. 단점은 작가가 주인공과 같다고 생각할 수 있다. 3인칭은 전지적 시점과 관찰자 시점으로 나눈다. 전지적 시점은 신의 위치에서 바라보기 때문에 등장인물의 심리 상태부터 모든 것을 알고 있다. 관찰자 시점은 작가의 시선이라 행동과 외양 묘사가 많다. 여러 시점을 사용하는 경우도 많으니 편하게 쓰자. 이것저것 다 따지다 보면 시작도 못 할 수 있으니까!

둘째는 인물이다. 시작은 두 명이 적당하다. 너무 많이 나오면 실패할 확률이 98.5퍼센트다.

셋째는 인물의 성격이다. 두 사람의 성격은 반대일수록 유리하다.

넷째는 공간이다. 공간 이동이 많으면 독자가 혼란스럽고 인물의 움직임을 쫓다가 집중을 못 할 수 있다. 한 곳 또는 두 곳이 적당하며, 작가가 잘 아는 장소여야 사건을 만들기 쉽다.

다섯째는 시간이다. 짧은 시간 안에 움직이면 집중하기 좋다. 예를 들어 단편 소설의 명작으로 손꼽히는 〈삼포 가는 길〉은 인물들이 오전에 만나 오후에 헤어지며 이야기가 끝난다. 공간 또한 한 곳이라 독자가 집중하기 좋다.

여섯째는 이름이다. 이름은 인물의 성격을 반영하고 주제까지 포

함하는 중요한 요소다. 〈삼포 가는 길〉의 주인공 노영달은 공사 현장에서 일하며 어렵게 사는 사람이다. 성이 노no라서 영달榮達(지위가 높고 귀함)과는 거리가 있다는 의미로 해석할 수 있다. 이름은 부와 명예를 얻어 높은 지위에 오른다는 뜻이지만 주인공의 현실은 너무 달라 더 안쓰럽게 보인다. 소설 〈감자〉의 주인공 이름은 복녀福女로 이름 뜻은 복이 많은 여자지만 가난하게 살다가 비극적으로 죽으면서 소설의 주제를 강하게 한다.

이 여섯 가지 단편 소설의 틀을 대충이나마 파악했다면, 잠깐 동안 지금 머릿속에 있는 소설이 단편 소설에 맞는지 생각해 보자.

②
그럼에도 불구하고 계획표

초등학생 시절 방학이 되면 생활 계획표부터 짰지만 지켜본 적이 거의 없다. 계획표는 어쩌면 의지의 상징이 아닐까 생각도 해봤다. 소설도 그렇다. 결말까지 계획대로 진행될지는 써보기 전에는 예측할 수 없다. 하지만 계획표를 짤 필요는 있다. 철저하게 구상하지 않으면 소설 쓰기는 진도가 나가지 않기 때문이다. 어느 소설가는 단편 소설을 쓸 때 전체 단락의 구체적인 내용을 포스트잇 열 장에 적어서 벽에 붙여 놓고, 그 부분을 쓰면 한 장씩 떼어서 버린다고 한다.

우리도 작품의 제목, 주요 인물, 공간, 시간을 적고, 사건이 기승전결에 맞춰 어떻게 진행되는지 구체적으로 밝히자. 예를 들어 두 사람이 어디에서 만나서, 어떻게 싸우고, 왜 갈등이 폭발하고, 어떤 사건 때문에 화해하고 끝나는지 대략적으로 설명한다.

계획표를 짜면 친구와 돌려 보며 의견을 주고받는다. 소설에서는 이를 합평이라 말한다. 소설은 산문과 다르게 여러 인물과 낯선 공간, 사건이 나오기 때문에 작가가 이야기에 빠지면 중심을 잃을 때가 많다. 따라서 다른 사람의 의견을 들으면서 여러 방향에서 작품을 살펴보아야 한다. 어차피 소설은 허구니까 부끄러워하지 말고 주변에 보여 주고 조언을 듣자. 한 학생이 구성한 계획표를 함께 살펴보자.

제목: 소설 쓰는 시간

주제: 경쟁 속에서 찾는 우정과 소설 쓰기의 의미

소재: 문예부 활동과 글쓰기

시점: 1인칭 시점

주인공

★ 차민주. 열일곱 살 여학생. 글쓰기를 좋아하고, 처음으로 소설 쓰기에 도전한다. 집안 형편도 어렵고 성적도 좋지 않지만 글을 잘 쓴다는 칭찬을 받을 수 있는 문예부 활동을 좋아한다. 가끔 물건을 잘 잃어버리는 어리바리한 성격이다.

★ 서진솔. 열일곱 살 여학생. 성적도 좋고 야무지고 뭐든 다 잘하려고 한다. 글쓰기를 좋아하지만 잘 쓰지 못해 문예부 활동을 시작한다. 문학 공모전 상금이 필요해 소설을 열심히 쓴다.

★ 라현아. 문예부를 지도하는 국어 교사. 대학생 때 소설을 썼고, 문예부를 맡아 학생들에게 소설을 가르친다. 학생들에게 관심이 많아 아무리 바빠도 글을 꼼꼼하게 읽는다.

사건 진행

★ 기: 민주는 보름 전 대학교에서 주최한 고등학생 소설 공모전에 응모했다. 마감 이틀 전, 작품 파일이 저장된 유에스비를 학교 컴퓨터실에 두고 온다. 컴퓨터실을 다 뒤졌지만 끝내 찾지 못하고, 다시 소설을 써 응모했으나 문장도 어설프고 내용도 많이 달라져 수상을 기대하지 않았다. 유에스비는 이튿날 학교 책상 서랍에 누군가 넣어 놓았다. 결과 발표를 보니 문예부에서 같이 활동하는 진솔이가 우수상을 받았다. 공부도 잘하고 부유하고, 늘 당당한 진솔이가

소설까지 잘 쓰자 민주는 질투심을 느낀다. 경제적으로 어렵고, 자신감도 없는데 글쓰기마저 못하는 자신이 초라해진다.

★ 승: 민주는 공모전 홈페이지에 올라온 진솔이의 수상작을 보고 놀란다. 자신이 쓴 작품과 너무 비슷했다. 민주는 진솔이가 자신의 유에스비에 저장된 작품을 읽고 표절했다고 확신했다. 표절 작품이 상을 받는 걸 두고 볼 수 없어 민주는 고민한다.

★ 전: 민주는 문예부 선생님에게 진솔이가 누군가의 작품을 표절한 것 같다고 털어놓는다. 진솔이는 선생님과 면담을 한다. 공모전을 시작하기 전부터 써놓은 소설 계획서가 있어서 표절이 아니라는 결론이 난다. 그것보다 더 중요한 증거는 진솔이네 가정 형편이었다. 알고 보니 진솔이는 자신의 이야기를 소설로 쓴 것이었다.

★ 결: 진솔이는 민주가 표절 의혹을 제기한 것을 알게 되지만 화를 내지 않는다. 그러면서 유에스비를 주운 사람은 자신이었고 저장된 민주의 작품을 보았다고 털어놓는다. 진솔이는 민주에게 그 소설을 잘 수정해서 다시 공모전에 내라고 조언한다.

이 소설 계획서를 보면서 어떤 작품이 나올지 이야기해 보자. 우선 대학 입시와 관련된 공모전이 소재라 사회성도 있고, 경쟁에 관련된 이야기라서 학생들이 쉽게 공감할 수 있다. 공모전 수상, 표절

은 많은 사람에게 궁금증을 일으키는 소재다. 기존 출간된 청소년 문학에서 자주 다뤄 익숙하기는 하지만 고등학생의 첫 소설로는 좋다. 학생들이 실제 경험하는 구체적인 모습을 생생하게 그려 낼 수 있기 때문이다. 습작을 할 때는 어른의 세계보다는 자신이 속한 이야기가 쓰기 편하다.

배경과 구성을 살펴보자. 공간 변화가 거의 없고, 인물도 최소한으로 나와서 단편 소설에 적합하다. 장점은 또 있다. 주인공들의 성격과 상황이 정반대라서 갈등 구조를 선명하게 만들었다. 다만 선생님의 이름까지 나왔다면 주요 등장인물이라는 뜻인데, 그렇다면 중요한 역할, 예를 들어 두 사람이 화해하는 데 크게 기여하거나 반전의 열쇠를 쥐고 있는 등 자신의 몫을 제대로 해야 한다. 그렇지 않고 조연으로서 일반적인 교사 역할만 한다면 굳이 이름이 나올 필요가 없다. 지금 계획표에서 선생님은 주요 인물로의 역할이 없는 것 같다.

결말에서 민주와 진솔이가 어떻게 화해를 하는지 자세히는 모르겠지만, 선생님이 주도한다면 주제가 약해질 것이다. 청소년이 스스로 문제점을 깨닫고 화해를 해야 성장이라는 주제가 더 단단해진다. 또한 사건이 너무 쉽게 해결되고 우정을 확인하는 결말이 쉽게 예상이 가 긴장감과 작품성 모두 떨어지는 것이 우려된다. 마지막까지 두 인물이 치열하게 고민하되 결말은 독자의 몫으로 남기는 것도 여운이 있어서 좋다. 이를 열린 결말이라고도 한다.

제목이 '소설 쓰는 시간'인데 솔직히 호기심을 자극하지는 못한다. 제목은 그 작품의 첫인상이다. 지금 제목은 문학 소년, 소녀가 등장해서 소설 이야기를 할 것 같고, 읽기 싫어지는 제목이다. 바꿀 필요가 있다.

여기까지의 의견은 내 생각에 불과하다. 동의하는 부분만 참고하면 된다. 소설은 읽는 사람마다 생각이 달라, 결국 수정 방향을 잡는 것은 그 글을 쓴 작가 몫이다. 여러 사람의 의견을 듣고, 그중에서 필요하다고 생각되는 부분을 중심으로 작가가 수정하면 된다. 모든 사람의 의견을 넣으면 '망작'으로 가는 직행 기차를 타는 셈이다. 어떤 작품이 나올지 기대가 된다.

지금 당장 소설 쓸 시간!

5

기승전결에 따라 써보자

*

친구들이 소설 계획표를 살펴보더니 배경도 좋고 사건이 흥미진진하다고 칭찬을 해준다. 하지만 막상 쓰려고 하니 시작할 엄두가 나지 않는다. 부풀어 올랐던 자신감이 금방 쪼그라든다.

이럴 때는 소설 속 인물이 작가인 나에게 이 이야기를 세상에 전해 달라고 부탁했다고 상상하면 어떨까? 작가는 자신이 창조한 인물이 간직한 사연을 세상에 알려야 하는 의무가 있다. 어떤 작가는 컴퓨터 앞에 주인공과 비슷한 사람의 사진을 붙여 놓고, 소설이 안 써질 때마다 한참 동안 바라보며 그들의 마음을 헤아리려 하기도 한다. 이제 여러분도 주인공의 손을 잡고 소설 속으로 들어갈 때다.

①
이 '기'막힌 상황

소설 쓰기에 관한 이야기는 더 이상 잔소리에 불과하다. 기승전결

기승전결에 따라 써보자!

또는 발단, 전개, 절정, 결말 4단 구성에 맞춰 계획표를 짰으니 이제 남은 것은 단 하나, 쓰는 것뿐이다. 이제부터는 단편 소설 한 편을 써가는 과정을 함께 지켜보고, 장단점을 분석하여 수정을 하고, 완성을 해보자.

함께 볼 작품은 앞서 계획표를 짠 〈소설 쓰는 시간〉이다. 발단에서는 시간과 공간의 묘사, 주요 인물의 등장과 만남, 갈등의 시작을 눈여겨봐야 한다. 발단 부분을 완성하면 돌려 읽고 장단점, 궁금한 점을 꼭 남기자. 다른 사람의 작품을 객관적으로 보는 힘이 있어야 자신의 작품도 잘 쓸 수 있는 법이다. 글쓴이는 소설에 대한 의견을 꼼꼼하게 읽고, 작품을 수정할 때 반영하자.

소설 쓰는 시간

도서실에 문예부 학생이 모여 시화전을 준비했다.

나는 계속해서 핸드폰을 들여다보았다. 한국대학교 주최 청소년 소설 공모전 수상자를 발표하는 날이다. 솔직히 말하면 처음 쓴 소설이라 기대를 하지는 않는다. 하지만 그래도 떨렸다.

운이 좋아서 받게 해달라고 기도를 했다. 입상하면 상금도 생기고, 대학교에 특기생으로 들어갈 수 있다. 상금을 받아서 노트북을 사는 상상을 하니 또 가슴이 두근거렸다.

나는 성적도 좋지 않고, 앞에 나가서 말을 잘하는 편도 아니다. 있는지 없는지 모르는 존재감 없는 학생. 집안 형편도 나쁘다. 그래도 글을 잘 쓴다는 칭찬을 받아 학교에 오는 재미가 있다. 2학년 언니들을 제치고 백일장에서 상을 여러 번 받았다.

도서실 문이 열렸다. 문예부를 지도하는 라현아 선생님이 들어왔다.

"시화전 잘 준비하고 있지?"

선생님이 빵이 든 봉지를 책상에 올려놓았다. 아이들이 소리를 지르며 달려갔다.

선생님은 시나 산문보다 소설을 주로 가르쳤다. 선생님도 대학원에서 소설을 배우고 있고, 매년 신춘문예에 응모하며 소설가를 꿈꾼다고 했다. 이번 공모전 소식도 선생님이 알려 줬다.

"진솔이는 빵 안 먹어?"

선생님이 빵을 흔들었다.

진솔이가 체한 것 같다고 말했다.

나도 빵을 먹었지만 목구멍으로 내려가지 않았다. 정신이 온통 공모전 발표에 쏠려 있었다.

공모전 마감 이틀 전에 그 실수만 하지 않았어도 좋았을 텐데. 그때가 떠올라 또 한숨이 나왔다.

그날 컴퓨터실에서 마지막으로 원고를 수정하고 집으로 갔다.

저녁밥을 먹고 다시 컴퓨터 앞에 앉아 원고를 살펴보려는데, 작품이

기승전결에 따라 써보자!

저장된 유에스비가 보이지 않았다. 가방 구석구석, 교복 주머니까지 모두 찾았지만 없었다. 컴퓨터실에 두고 온 것이다. 그 속에는 소설뿐만 아니라 수행평가 과제, 일기 파일도 담겨 있었다. 누군가 읽는다면 나에 대한 모든 것을 알 수 있을 텐데. 제발 아무도 읽지 않기를 바랄 뿐이었다.

다음 날, 학교에 가자마자 컴퓨터실로 달려가 샅샅이 뒤졌지만 유에스비가 보이지 않았다. 누가 가져간 것이었다. 결국 작품을 다시 쓰기 시작했다. 시간이 없어서 문장도 엉성했고, 내용도 정확히 생각이 안 나 대충 써서 응모했다. 결과는 보나마나 탈락일 것이다. 그래도 포기하기 싫었다. 유에스비는 며칠 뒤 내 책상 서랍에 누군가 넣어 놓았다.

다섯 시가 되었다. 핸드폰으로 대학교 홈페이지에 접속했다.

게시판에 수상자 명단이 올라왔다. 마른침을 삼키며 화면을 확인했다.

예상대로 내 이름은 보이지 않았다. 당연한 결과라서 허탈하지도 않았다.

그런데 낯익은 학교 이름이 보였다. 그 옆에는 서진솔이라고 적혀 있었다.

진솔이가 응모한 것을 미처 몰랐다.

뒤돌아서 진솔이를 보았다. 얼굴에 미소가 걸려 있었다.

깊은 한숨이 터져 나왔다. 집안 형편도 좋고, 공부도 잘하는데 소설까지 잘 쓰다니. 소설도 과외를 받는 게 아닐까?

어느새 해가 지고 있었다. 쓸쓸했다.

"지난번에 말한 공모전에 진솔이가 상을 받았네."

선생님이 말했다. 진솔이가 머쓱하게 웃었다.

선배들이 진솔이한테 다가가서 축하를 했다. 문학 특기생 자격을 얻어서 부럽다고 말하는 언니들. 그 소리가 너무 듣기 싫었다.

시를 쓰기 싫어서 가방을 챙겼다.

복도로 나가는데 진솔이가 걸어왔다.

"수상 축하해."

"운이 좋았나 봐!"

진솔이의 자신감 넘치는 말투는 언제 들어도 싫었다.

발단 부분을 읽은 학생들은 또래 이야기이며 민주처럼 친구에게 질투심을 느낀 적이 있어서 몰입이 잘된다는 반응이었다. 수상을 기대하지 않지만 운이 좋아서 상을 받기를 바라는 마음이 잘 전달되어 생생하다고 했다.

다만 친구의 수상 소식을 듣고 여러 마음이 교차하는 감정이 더 잘 묘사되면 좋겠다는 의견도 있었다. 어떤 학생은 시작하자마자 공모전 이야기가 나와서 결과가 궁금해 계속 읽었다고 했다. 진솔이도 주인공인데 어떤 성격인지 전혀 나오지 않아 좀 답답하다는 학생도 있었다. 제목을 꼭 바꾸라고 조언하기도 했다.

학생들의 작품 평을 보며 소설을 읽는 시선은 다 비슷하다는 생각을 했다. 나도 학생들과 같은 의견이었다. 좀더 자세히 이야기를

기승전결에 따라 써보자!

해보자.

우선 첫 소설인데도 장점이 많아서 흥미롭게 읽었다. 바로 사건이 시작해 독자의 시선을 꽉 붙잡는다. 시작하자마자 뭔가가 시작하는 것은 좋은 소설 쓰기 기술이다.

작품에 설명이 많아서 아쉽다. 학생의 나이를 비롯해 계절은 언제인지 등을 묘사나 대화로 간접적으로 처리하면 좋다. 예를 들어서 창문으로 늦가을의 햇살이 들어왔다고 한다거나, 2학기 중간고사가 끝나 홀가분하게 시화전 준비를 한다고 하면 독자가 계절과 배경을 바로 알 수 있다. 심리 상태도 쓸쓸하다고 설명하지 말고, 계절이나 시간 묘사를 통해 드러내면 독자가 감정을 더 잘 느낄 수 있다. '두근거렸다', '떨렸다' 같은 직접 설명보다는 '빵을 먹다가 체했다'거나, '먹지 않고 구석에 그대로 두었다'고 묘사하는 식이다. 민주가 말이 별로 없다고 직접 언급하는 것보다 친구가 말을 시켰지만 대답을 단답형으로 한다거나 목소리가 작아서 안 들린다고 선배가 잔소리를 하는 장면을 넣는 것도 주인공을 묘사하는 한 방법이다. 어려운 가정 형편도 최신 노트북을 쓰는 진솔이를 부러워하는 민주의 모습으로 보여 주면 어떨까? 그래야 상금으로 노트북을 사려고 더 절박하게 공모전을 준비하는 상황에 설득력이 생길 것이다.

인물을 살펴보면 지금 선생님은 조연 또는 엑스트라에 불과하다. 선생님이 주요 인물이라면 일반적인 교사의 모습이 아니라 개성적이고 진짜 옆에 있는 사람처럼 그려야 한다. 진솔이도 마찬가지다. 상을 받았는데 너무 차분하다. 성격이 당당하다고 그럴 수 있을까? 한 번쯤 고민해 보자.

이렇게 써보면 어떨까?

* 도입부터 사건을 시작해 흥미롭게 만들자.

* 설명보다는 묘사를 하자.

* 주변 인물의 역할을 더욱 분명하게 만들자.

기승전결에 따라 써보자!

②
'승'패는 누구에게로?

발단에서 갈등을 시작한 두 인물이 이제 본격적으로 얽히며 사건이 커지고, 오해를 한다. 이 단계가 전개, 승이다. 진솔이의 공모전 수상 소식에 자신이 너무 초라해진 민주. 이제 어떻게 될지 전개를 같이 살펴보자.

점심시간, 수상 작품이 대학교 홈페이지에 올라왔다.

나는 도서실 구석에 앉아 진솔이의 작품을 읽었다. 제목은 〈버킷리스트〉였다. 식상했다.

열일곱 살 소녀가 주인공이었다. 대화에서 진솔이의 목소리가 들리는 것 같았다.

조금 더 읽어 내려가다가 숨이 턱 막혔다. 이야기는 다르지만 주인공의 집안 형편이 내 소설과 비슷했다. 월셋집을 전전했고 집이 좁아 오빠와 같은 방을 쓰는 것도 같았다. 노트북을 갖고 싶어 한다거나, 버스비를 아끼려고 집까지 걸어가는 장면에서 내 모습이 스쳐 지나갔다.

진솔이네 집에 놀러 갔다 온 아이들이 말하길, 넓은 아파트에 살고 부모님은 큰 식당을 한다고 했다. 그뿐만 아니라 진솔이는 최신 노트북을 들고 다녔다.

그렇다면 진솔이가 잃어버린 내 유에스비를 주웠고, 그 안에 저장된 소설을 읽은 것이 아닐까? 그러고는 내용을 베꼈을 수도 있다.

소설 쓰기를 처음 배울 때 선생님이 자신의 아픔을 쓰면 독자는 공감을 하고 감동을 받는다고 했다. 누군가 내 경험이냐 물으면 허구라고 둘러대면 되니까 걱정하지 말라는 말도 덧붙였다. 선생님의 말을 생각하며 친구들에게 쉽게 말하지 못하는 내 형편, 고민을 소설에 담았더니 속이 후련했고, 소설 쓰기에 쉽게 빠져들었다. 주인공은 바로 나였다. 정말 신나게 썼던 소설이다.

그렇게 소중한 작품을 베껴서 상을 받았다니. 서진솔한테 화가 났다. 성적에 집착하더니 이제는 특기생 자격까지 노리고 있나 보다.

필통 속에 있는 유에스비를 꺼냈다. 이것을 경찰에 맡겨서 지문이 묻었는지 확인해 볼까? 여러 가지 생각이 머릿속을 맴돌았다. 어떻게 해야 진실을 밝힐 수 있을까?

수업이 끝나 집으로 가는데, 진솔이가 다가왔다.

"오늘 문예부 친구들한테 내가 쏠게!"

진솔이가 어깨에 힘을 줬다.

가기 싫다고 했지만 아이들이 나까지 끌고 갔다.

분식집에 들어갔다. 나는 떡볶이도 먹지 않고 진솔이의 가방을 살펴보았다. 비싼 브랜드였다. 신발도 마찬가지였다.

기승전결에 따라 써보자!

아이들은 진솔이가 글도 잘 쓴다고 추켜세우며 정신없이 튀김과 순대를

먹었다.

"수상 작품 읽었는데 가난을 생생하게 묘사했더라."

진솔이를 똑바로 보며 말했다.

"소설은 상상이라고 선생님이 말했잖아. 가짜야! 가난한 사람을

이야기해야 감동도 크고, 주제가 단단해지잖아."

"상상력이 좋네. 진짜 소설가의 재능이 있어. 소설에는 노트북도 없다고

나오던데!"

진솔이가 떡볶이를 입에 넣다가 기침을 했다. 떡볶이 국물이 흘렀다.

아이들이 휴지를 건넸다.

떡볶이를 더 이상 먹을 수 없었다. 일이 있다고 둘러대며 집으로 향했다.

시상식 전에 진실을 밝혀야 한다는 생각뿐이었다.

집으로 와서 컴퓨터 앞에 앉았다. 동생이 시끄럽게 떠들어서 집중할 수

없었다.

"좀 조용히 해!"

버럭 소리를 질렀다. 혼자 쓰는 방이 필요했다.

"나도 수행평가 하려면 빨리 컴퓨터 써야 돼."

녀석이 또 소리를 질러댔다.

이어폰을 귀에 꽂고 조용한 음악을 들었다.

대학교 홈페이지 게시판에 진솔이가 표절을 했다고 올리려다 참았다.

그러면 진솔이가 읽을 수도 있다. 공모전 안내문에 담당자 메일 주소가 적혀 있었다. 메일로 진실을 알리려다가 머뭇거렸다. 내가 고발했다는 증거가 남을 것 같았다.

머리가 아팠다. 녀석이 또 소리를 질러댔다.

학생들은 전개 부분을 읽고 사건의 진행이 자연스럽고, 갈등이 발단보다 조금 더 커져서 이야기에 빠져든다고 입을 모았다. 충분히 진솔이를 오해할 수 있는 상황이라 결말이 정말 궁금하다는 학생도 있었다. 평소 말이 없던 민주가 분식집에서 진솔이를 쏘아붙이는 장면이 통쾌했다는 의견도 있었다. 산문을 읽을 때와 다르게 문장의 힘을 알게 되었다는 예리한 학생도 있었다. 문장에서 글쓴이의 성격이 고스란히 드러나 글쓴이를 보지 않고도 누가 썼는지 알 수 있을 것 같다고 했다. 문장에 따라 이야기의 분위기가 바뀐다며, 처음으로 문장의 중요성을 깨달았다고도 했다.

좀더 들여다보자. 전개에서는 발단에서 시작한 사소한 갈등이 본격적으로 커져야 하는데, 표절 의혹이 적합하다. 대학 교수의 논문 표절 사건이 많은 요즘 사회성이 있는 소재다.

진솔이에게 당장 표절을 따진다면 주인공의 소극적인 성격과 맞지 않았을 것이다. 자신이 드러나지 않도록 여러 가지 방법을 고민

기승전결에 따라 써보자!

하는 모습이 현실성이 있고, 절정이 더 궁금해진다.

민주가 왜 이토록 글쓰기를 열심히 하는지, 그 배경에는 가정 환경이 있다. 집에 갔을 때 부모님의 직업이 드러나도록 한 줄 정도 묘사하고, 동생은 몇 살이고 어떻게 다투는지, 저녁 식사 장면도 묘사하면 민주를 더 이해하기 쉽지 않을까? 지금은 '집안이 어렵다', '노트북이 없다' 정도로 직접 설명만 해서 가난이 선명하게 와닿지 않는다. 구체적으로 묘사해야 한다. 예를 들어 부모님이 안 계시고 형편이 어렵다고 말하는 것보다 비오는 날 찢어진 운동화를 신고 와서 양말이 다 젖었다고 하면 가난이 객관적으로 드러난다.

진솔이가 성적에 집착하는 부분도 그렇다. 민주가 설명을 했지만, 구체적인 사례가 없어서 읽는 사람은 동의할 수 없다. 짧은 사례라도 들어서 진솔이가 성적을 올리려고 하는 모습을 보여 줘야 독자가 납득할 수 있다. 친구 두 명이 싸우면 왜 싸웠는지 두 사람의 말을 모두 듣기 전에는 판단하기 어려운 것과 같다.

앞에서도 말하지만, 아무리 짧은 소설이라도 선생님이 주요 인물이라면 한 번쯤은 나와야 하는데 존재감이 너무 없어서 아쉽다.

지금까지 〈소설 쓰는 시간〉은 인물, 사건, 배경이 적절하게 어우러지며 매끄럽게 진행되고 있다. 작가에게 응원을 보낸다.

③
'전'혀 다른 상황들

발단에서 시작한 민주와 진솔이의 갈등이 전개를 거쳐 이제 최고조로 향하는 절정 단계에 왔다. 이제 두 사람의 갈등이 폭발하며 오해가 풀릴 가능성을 보여 주면 된다. 표절의 진실은 과연 무엇인지, 이 단계에서 밝혀질 테니 궁금증이 커진다. 진실을 추적하며 다 함께 인물을 따라가 보자.

주인공과 작품의 배경, 사건 해결 방식을 객관적으로 보며 작가 자신과 얼마나 닮았는지 분석하자. 소설에서 자신이 어떻게 드러나는지 살펴보는 것도 중요한 공부다.

문예부 선생님에게 면담을 신청했다. 점심시간에 아무도 안 보는 체육관 뒤에서 만나기로 했다.

점심도 먹지 않고 체육관 뒤쪽 나무 그늘에 앉았다. 다들 점심을 먹으러 가서 지나가는 학생이 없었다. 입이 바짝바짝 말랐다.

머리가 복잡했다. 괜히 면담을 신청한 것 같다. 표절 의혹 대신 다른 이야기를 할까?

고개를 저었다. 꼭 말하기로 마음을 먹었다.

기승전결에 따라 써보자!

마침 선생님이 손을 흔들며 걸어왔다.

"민주한테 고민이 있어?"

선생님이 음료수를 내밀었다. 나는 음료수를 단숨에 마셨다. 그래도 속이

답답했다.

"드릴 말씀이 있어요."

깊은 숨을 내쉬고 진솔이가 내 글을 표절해서 상을 받은 것 같다고

털어놓았다.

"증거가 있니?"

선생님의 얼굴이 어두워졌다.

"제 소설이 저장된 유에스비를 잃어버렸어요. 그 작품과 진솔이 소설이

너무 비슷해요."

나는 출력한 내 소설을 보여 드리며 하나씩 분석했다.

"참 난감한 상황이야. 명확한 증거가 없이 추측만으로 표절을 단정할 수는

없잖아."

선생님이 소설을 눈여겨보았다.

선생님과 면담을 끝내고 교실로 들어갔다.

점심을 먹지 않았지만 배가 고프지 않았다. 오히려 속이 더부룩했다.

진솔이가 아이들과 수다를 떨면서 들어왔다. 진솔이를 힐끔 보았다. 눈이

마주쳐서 급히 눈을 돌렸다.

화장실에 가려고 일어났을 때, 옆반 아이가 와서 문예부 선생님이

진솔이를 찾는다고 전했다. 진솔이가 콧노래를 흥얼거리며 복도로

나갔다.

갑자기 가슴이 터질 듯이 뛰기 시작했다.

나는 수학 문제집을 들고 선생님에게 질문하러 가는 척하며 교무실로

갔다.

진솔이가 문예부 선생님 앞에서 울고 있었다.

못 본 척 고개를 돌리는데 선생님이 나를 불렀다.

"문예부 학생들 다 모이라고 해라."

나는 핸드폰으로 단체 문자를 보냈다.

청소가 끝나고 도서실에 문예부 선배와 1학년이 다 모였다.

"진솔이가 표절해서 상을 받았다는 의혹이 있었는데 사실이 아니야."

선생님의 목소리가 무거웠다. 옆에 서 있는 진솔이의 눈가가 붉었다.

"진솔이가 자신의 메일에 저장된 소설 관련 파일을 모두 보여 줬어.

공모전 안내문이 오기 전인 7월부터 작품 구상을 시작한 증거가 명확해.

무엇보다……."

선생님이 말을 멈추고 진솔이를 보았다.

"제가 말할게요. 그 소설은 다 제 이야기예요. 아빠가 동업자한테 사기를

당해서 여름방학 직전에 가게 문을 닫았고 아파트도 팔고 반지하

셋방으로 옮겼어요. 방이 좁아서 오빠는 부엌에 자는데 곧 군대에 가죠.

노트북은 중고로 팔았어요."

기승전결에 따라 써보자!

진솔이의 목소리가 떨렸다.

나는 진솔이를 똑바로 볼 수 없어 고개를 숙였다.

학교에 들고 온 노트북은 사촌 언니에게 빌렸다고 진솔이가 덧붙였다.

"상금이 너무 필요해서 소설을 쓰기 시작했어요. 아니, 선생님이 소설에

고민을 쓰면 속이 후련해진다고 해서 쓰기 시작했는지도 몰라요."

진솔이가 말을 끝냈다. 도서실이 너무 조용했다. 숨소리도 들리지 않았다.

나도 모르게 계속 눈물을 흘리고 있었다. 범인이라고 자백하는 꼴이었다.

학생들은 절정에서 여러 가지를 느꼈다고 의견을 전했다. 첫째는 진솔이의 고백이 감동이었고, 충분히 개연성이 있다고 했다. 또한 당당하게 자신의 상황을 털어놓는 모습이 멋진 캐릭터라 했다. 둘째는 표절 의혹을 알리는 장면에서 너무 김이 샜다는 의견이 많았다. 소설다운 드라마틱한 방법이면 긴장감이 생길 것 같다고 했다. 셋째는 진솔이의 상황을 충분히 예상해 좀 아쉬웠다는 학생도 있었다. 반전으로 적합했다는 학생도 있었다. 읽는 사람에 따라 의견이 달랐다.

나는 정말 몰입하면서 이 작품을 읽었다. 절정을 잘 구성했다는 뜻이다. 진솔이의 상황을 알리면서 감동을 주고, 소설 쓰기의 의미까지 더해 주제가 단단해졌다. 표절의 진실을 밝히는 과정을 통해

가정 형편이 완전히 달라 보이는 진솔이와 민주가 서로의 공통분모를 확인했고, 두 사람이 화해하며 주체적으로 성장하지 않을까 기대도 된다.

다만 구성 방식을 살펴보면, 학생들의 지적처럼 표절 의혹을 알리는 방법이 평면적이지는 않은지 고민이 든다. 민주가 선생님을 찾아가 표절 의혹을 직접 말하는 장면에서 긴장감이 완전히 사라진다. 명확한 증거도 없는데 직접 선생님에게 말할 만큼 민주가 적극적인 성격일까? 좀더 고민하면 어떨까? 의혹을 알리는 방식은 이 소설에서 가장 중요한 부분이다. 의혹을 고발하다가 더 큰 사건으로 이어질 수도 있으니 생각을 다양하게 해보자. 이 자리에서 어떤 방법이 좋은지 시원하게 알려 주고 싶지만, 소설은 글쓴이의 몫이다. 나 역시도 정답을 알지는 못한다.

다만 지금처럼 선생님에게 의혹을 제기한 상황이라면, 조용히 조사하고 끝날 것 같다. 문예부 학생 전체를 모아 놓고 진솔이가 고백을 하는 장면도 맞지 않는다는 생각이 든다. 이 의견을 글쓴이가 받아들인다면, 절정 부분에서 여러 가지로 정리가 필요하다.

계속 말하고 있는 부분인데 선생님이 조연에 그친다는 점도 아쉽다. 결말에서 큰 역할을 한다면 다행이지만 지금은 따로 이름을 정해줄 만큼 큰 비중은 아니다. 만약 선생님이 주요 인물이라면 지금 모습은 너무 도식적이다. 도식적이라는 말은 사람들 대부분이 생각하는 틀에 박힌 인물을 뜻한다. 예를 들어 스님이 언제나 올바른 소리를 하고, 인자하게 자비를 베풀고, 남을 위해 희생만 하는 캐릭터로 그려지면 도식적, 상투적이라고 한다. 스님도 인간이기에 능력자를 보면 질투도 하고, 배부르게 먹고, 늦잠도 자고 싶어 하지 않을까? 인간적인 모습을 구체적으로 그리면 평범해 보이는 스님도 특별한 캐릭터로 다시 태어난다.

만약 결말에서까지 선생님의 역할이 나오지 않으면 조연이나 엑스트라로 바꿔서 이름도 부여하지 말아야 한다. 소설에 이름이 나오면 독자는 그 이름을 기억하고, 자칫 시선이 분산될 수 있다. 주요 인물만 이름을 붙인다.

학생들은 이 작품이 반전이 있어서 좋지만 뭔가 아쉽다고 했다. 상황이나 대화에서 감동을 줄 수 있을 텐데, 그 점을 잘 살리지 못하는 것 같다고 덧붙였다. 진솔이가 민주의 형편을 미리 알았다면 앞부분에서도 그런 부분이 조금씩 나와야, 진솔이가 유에스비를 주웠다는 반전이 설득력이 있다는 예리한 지적도 있었다. 복선이 부족하다는 뜻이다. 또 민주도 진솔이가 유에스비에 저장된 파일을 봤는데도 놀라지 않고 너무 담담해 현실성이 떨어진다는 학생도 있었다. 학생들도 작품 합평을 여러 차례 했더니 분석하는 실력이 좋아졌다.

단편 소설에서 마지막에 반전이 나오는 것은 좋은 구성이다. 하지만 이를 위해서는 앞에서부터 치밀하게 신경을 써야 한다. 반전을 알고 나면, 앞부분의 석연치 않았던 부분과 복선이 다 이해가 되어야 하는 법. 그래야 성공한 반전이다. 느닷없는 반전은 결말까지 이끌어온 긴장감을 한 번에 날리며 독자들을 어리둥절하게 만든다. 망작이 되는 것이다.

학생들의 지적처럼 진솔이가 민주의 유에스비를 미리 보았다는 것을 앞부분에 넣으려면, "너도 다음에는 꼭 공모전에 내라. 너 작품 잘 쓰잖아!"라는 대사를 넣거나 작품에 나온 내용 중에서 한 가지를 티 안 나게 언급해야 한다. 독자가 반전을 수긍하고 구성력에 감탄할 수 있도록 말이다.

또 하나는 진솔이가 유에스비를 언제 주웠는지 모르지만, 공모전 마감 이후에 민주에게 줬다는 점에서 자칫 공모전 지원을 방해했다는 생각이 들 수도 있다. 이러면 진솔이가 거짓말쟁이가 되어 주제가 흔들리고 실패한 이야기가 된다. 그런 문제점을 막으려면 날짜를 수정해야 한다. 민주가 유에스비를 공모전 마감 날에 잃어버렸고, 집에서 몇 시간 안에 급하게 새로 쓴 것으로 하면 어떨까?

마지막으로 학생들의 지적처럼 감동이 약하다. 감정 묘사를 구체적으로 하지 않았기 때문이다. 발단에서처럼 날씨를 묘사하며 화해 분위기를 연출하면 어떨까? 그리고 맛있는 음식을 먹으러 가는 등 구체적인 모습을 보여 주면 좀더 결말이 풍성해지고 여운도 생긴다. 만약 음식으로 마무리를 하려면 음식에도 상징성을 부여해야 하고, 앞부분에서도 언급을 하면 좋다. 이 소설에서는 표절 의혹을 가지고 있을 때 먹은 떡볶이가 될 수 있다. 진솔이가 읽은 민주의 소설 내용과 연관해도 효과적이다. 앞부분에 던진 설정을 마지막과 연결하면 소설 구성이 탄탄해진다.

글쓴이는 이제 여러 의견을 듣고 필요한 부분을 받아들여서 작품을 본격적으로 수정하면 된다. 이 작품은 크게 고쳐야 하는 부분은 없어 쉽게 수정할 수 있을 것 같다. 이제부터는 진짜 온전히 글쓴이의 몫이다.

이렇게 써보면 어떨까?

★ 자신이 잘 아는 소재, 배경을 생각해 보자.

★ 인물들의 사정을 구체적인 사례를 통해 보여 주자.

★ 복선을 추가해 반전에 설득력이 있도록 하자.

★ 이야기가 흔들리지 않도록 날짜나 시간 등 설정을 더 치밀하게 조정하자.

6

퇴고까지 해야 진짜 완성!

*

소설을 완성하고 마지막에는 작가의 말을 쓴다. 소설가는 작가의 말을 쓰기 위해 소설을 완성한다고 말하는 사람도 있다. 그만큼 작가의 말은 중요하니 진심을 담자. 참고로 나는 책을 사면 작가의 말을 가장 먼저 읽는다.

이제 수정한 작품을 읽어 보자. 제목이 '소설 쓰는 시간'에서 '오늘도 매운 떡볶이'로 바뀌었다.

오늘도 매운 떡볶이

도서실에 문예부 학생들이 모여 시화전을 준비했다. 늦가을의 따스한 햇살이 창문으로 들어왔다. 중간고사가 끝난 직후라 아이들은 마음 편하게 떠들며 시를 쓰고 그림을 그렸다.

나는 계속해서 핸드폰을 들여다보았다. 한국대학교 주최 청소년 소설 공모전 수상자를 발표하는 날이다. 아침부터 계속 핸드폰 화면만 봤지만 아직도 게시물이 올라오지 않았다.

솔직히 말하면 전혀 기대하지 않는다. 하지만 그래도 이상하게 떨렸다.

퇴고까지 해야 진짜 완성!

태어나서 처음 쓴 소설로 상을 받게 된다면 얼마나 좋을까?

운이 좋아서 받게 해달라고 기도를 했다. 입상하면 상금도 생기고, 대학교에 특기생으로 들어갈 수 있다. 상금을 받아서 노트북을 사는 상상을 하니 또 가슴이 두근거렸다. 진솔이가 쓰는 최신 노트북이 눈에 들어왔다. 가격이 얼마나 할까? 나도 노트북으로 어디에서든 수행평가와 글쓰기를 하고 싶다. 진솔이를 보니 꼭 공모전에서 상을 받았으면 좋겠다.

"민주야! 넌 시화전에 어떤 그림을 그릴 거야?"

선배 언니가 물었다.

"저는, 아직⋯⋯."

"시를 안 쓴 거야? 그림 주제를 못 정한 거야? 답답해!"

언니가 주먹으로 가슴 치는 시늉을 했다. 옆에 있는 선배들이 나를 보며 웃었다.

나는 성적도 좋지 않고, 앞에 나가서 말을 잘하는 것도 아니다. 눈여겨보지 않으면 학교에 왔는지 안 왔는지도 모르는 존재감 없는 학생이다. 집안 형편도 나쁘다. 그래도 글을 잘 쓴다는 칭찬을 받아 학교에 오는 재미가 있다. 2학년 언니들을 제치고 백일장에서 상을 여러 번 받았다.

도서실 문이 열렸다. 문예부를 지도하는 선생님이 들어왔다.

"시화전 잘 준비하고 있지?"

선생님이 빵이 든 봉지를 책상에 올려놓았다. 아이들이 소리를 지르며 달려갔다. 출출할 시간이었다.

선생님은 시나 산문보다 소설을 주로 가르쳤다. 선생님도 대학원에서

소설을 배우고 있고, 매년 신춘문예에 응모하며 소설가를 꿈꾼다고 했다.

이번 공모전 소식도 선생님이 알려 줬다.

"진솔이는 빵 안 먹어?"

선생님이 진솔이를 보며 빵을 흔들었다.

진솔이가 체한 것 같다고 말했다.

다른 아이들이 대신 먹겠다고 손을 들었다. 시끄러운 소리가 귀에

거슬렸다.

나도 빵을 먹었지만 목구멍으로 내려가지 않았다. 정신이 온통 공모전

발표에 쏠려 있었다.

공모전 마감 날, 실수를 하지 않았다면 얼마나 좋았을까? 그때가 떠올라

또 한숨이 나왔다.

그날, 수업이 끝나고 컴퓨터실에서 원고를 마무리하고 집으로 갔다.

저녁밥을 먹고 다시 컴퓨터 앞에 앉아 원고를 공모전 사이트에

접수하려는데, 작품이 저장된 유에스비가 보이지 않았다. 가방

구석구석부터 교복 주머니까지 모두 찾았지만 없었다. 컴퓨터실에 두고

온 것이다. 그 속에는 소설뿐만 아니라 수행평가 과제와 일기 파일도

있었다. 누군가 읽는다면 나에 대한 모든 것을 알 수 있을 텐데. 제발

아무도 읽지 않기를 바랄 뿐이었다.

퇴고까지 해야 진짜 완성!

공모전 마감은 열두 시였다. 시간이 지나면 접수가 안 된다는 문구가
안내문에 적혀 있었다. 학교에 가서 유에스비를 가지고 올까? 왕복만
한 시간 넘게 걸린다. 만약 학교 문을 닫았다면 헛수고였다. 여러 가지
생각을 하는 순간에도 시간이 흘러간다.

처음부터 다시 쓰기로 마음먹었다. 동생이 컴퓨터로 게임을 하겠다고
떼를 썼지만 못 들은 체하며 소설을 썼다. 하지만 문장이 정확히
기억나지 않았다. 머리가 텅 빈 기분이었다.

마음을 가라앉히고 천천히 한 문장씩 떠올리며 최선을 다했다. 마감
십 분 전에 완성했고 겨우 접수했다. 다시 읽어 보니 오탈자도 많았고
비문도 있었다.

다음 날, 학교에 가자마자 컴퓨터실로 달려가 샅샅이 뒤졌지만
유에스비가 보이지 않았다. 누가 가져간 것이었다. 주운 사람이 휴지통에
버리면 좋을 텐데.

그날, 2교시가 끝나고 책상 서랍에 유에스비가 들어 있었다. 누군가
파일들을 살펴보고 주인을 확인한 것 같았다. 교실을 둘러보았다. 나를
지켜보는 사람은 없었다.

아이들은 시끄럽게 떠들며 시화전 그림을 그리기 시작했다. 나는 아직
시도 완성하지 못했다.

다섯 시가 되었다. 핸드폰으로 대학교 홈페이지에 들어갔다.

게시판에 수상자 명단이 올라왔다. 마른침을 삼키며 화면을 확인했다.

예상대로 내 이름은 보이지 않았다. 당연한 결과라서 허탈하지도 않았다.

그런데 낯익은 학교 이름이 보였고 그 옆에는 서진솔이라고 적혀 있었다.

진솔이가 응모한 것을 미처 몰랐다.

뒤돌아서 진솔이를 보았다. 얼굴에 미소가 번져 있었다.

진솔이는 배가 불러서 며칠 동안 밥을 안 먹어도 될 것 같다.

집안 형편도 좋고, 공부도 잘하는데 소설까지 잘 쓰다니. 소설도 과외를

받는 게 아닐까?

그런 생각을 할수록 깊은 한숨이 터져 나왔다.

그사이, 해가 지고 일찍 어두워졌다. 창문으로 들어오는 바람도 낮보다

훨씬 쌀쌀했다. 스산한 날씨에 몸이 떨렸다.

"지난번에 말한 공모전에 진솔이가 상을 받았네."

선생님이 핸드폰을 보며 웃었다.

선배들이 진솔이한테 몰려가 축하했다. 문학 특기생 자격을 얻어서

부럽다고 말하는 소리가 듣기 싫었다.

시화전을 준비할 마음이 사라져서 가방을 챙겼다.

복도로 나가는데 진솔이가 걸어왔다.

"수상 축하해."

감기에 걸린 것처럼 목소리가 갈라졌다.

"운이 좋았나 봐! 너도 다음에는 꼭 응모해! 네가 나보다 글을 더 잘

쓰잖아."

퇴고까지 해야 진짜 완성!

진솔이의 자신감 넘치는 말투는 언제 들어도 싫었다.

우울할 때는 매운 떡볶이를 먹으면 기분이 좋아진다. 오늘은 돈도 없고,

같이 먹으러 갈 사람도 없다. 무엇보다 먹고 싶은 마음이 전혀 없다.

다음 날 오후, 공모전 수상 작품이 대학교 홈페이지에 올라왔다.

나는 도서실 구석에 앉아 핸드폰으로 진솔이의 작품을 다운 받아 읽었다.

제목은 〈버킷 리스트〉였다.

읽어 보니 열일곱 살 소녀가 주인공이었다. 대화에서 진솔이의 목소리가

들리는 것 같았다.

주인공이 꼭 이루고 싶은 소원에 관한 내용이었다.

조금 더 읽어 내려가다가 숨이 턱 막혔다. 주인공의 집안 형편이

내 소설과 비슷했다. 월셋집을 전전했고 집이 좁아 오빠와 같은 방을

쓰는 것도 같았다. 노트북을 갖고 싶어한다거나, 버스비를 아끼려고

집까지 걸어가는 장면에서 내 모습이 스쳐 지나갔다.

진솔이네는 넓은 아파트에 살고, 부모님은 큰 식당을 한다고 들었다.

그뿐만 아니라 어제도 최신 노트북을 들고 왔다.

그렇다면 진솔이가 잃어버린 내 유에스비를 주웠고, 그 안에 저장된

소설을 읽은 걸까?

공모전 마감 날, 진솔이도 컴퓨터실에 분명히 있었다. 내 소설을 읽고

자신의 작품을 수정할 때 참고한 것이 아닐까? 내가 집으로 간 시간이

다섯 시쯤이니까 충분히 가능했다.

내 소설이 떠올랐다. 친구들에게 쉽게 말하지 못하는 내 형편, 고민을

소설에 담았더니 속이 후련했다. 그래서 더 열심히 썼다. 소설 쓰기를

배울 때 선생님이 자신의 아픔을 쓰면 독자가 공감하고, 감동을 받는다고

했다. 누군가 내 경험이냐고 물으면 허구라고 둘러대면 되니까 걱정하지

말라는 말도 덧붙였다.

그렇게 소중한 작품을 베껴서 상을 받았다니. 달려가 서진솔의

멱살이라도 잡고 싶다. 하지만 증거가 없었다.

중간고사 때에는 아이들에게 공책도 안 빌려줘서 욕을 먹더니 이제는

특기생 자격까지 노리고 있나 보다.

필통 속에 있는 유에스비를 꺼냈다. 이것을 경찰에 맡겨서 지문이

묻었는지 확인해 볼까?

여러 가지 생각이 머릿속을 맴돌았다. 어떻게 해야 진실을 밝힐 수

있을까?

수업이 끝나 집으로 가는데, 진솔이가 다가왔다.

"오늘 문예부 친구들한테 내가 쏠게!"

진솔이가 어깨에 힘을 줬다.

가기 싫다고 했다.

"너 매운 떡볶이 좋아하잖아!"

진솔이가 내 책가방을 붙잡았다.

"어떻게 알아?"

나도 모르게 말투가 날카로웠다.

"지난번에 말했잖아. 매운 떡볶이 싫어하는 사람 없잖아."

진솔이가 호들갑을 떨었다.

분식집에 들어갔다. 나는 떡볶이도 먹지 않고 진솔이의 가방을

살펴보았다. 비싼 브랜드였다. 신발도 마찬가지였다.

아이들은 진솔이가 글도 잘 쓴다고 추켜세웠다.

"수상 작품 읽었는데 가난을 생생하게 묘사했더라."

진솔이를 똑바로 보며 말했다.

"당연히 가짜야! 소설은 상상이라고 선생님이 말했잖아. 가난한 사람을

이야기해야 감동도 크고, 주제가 단단해지잖아."

진솔이가 떡볶이를 입에 넣다가 기침을 했다.

"진짜 머리가 좋네. 가난을 묘사해야 주제가 좋아진다고? 소설가의

재능이 있어. 좋은 노트북을 쓰면서 없다고 묘사하고!"

내 목소리가 점점 커졌다. 옆에 앉은 사람들이 나를 흘낏거렸다.

"오늘따라 민주가 왜 이렇게 말이 많아? 말을 이렇게 잘했어? 선거

출마해도 되겠네."

친구들이 장난치듯이 말했다.

매운 떡볶이 앞에서 입맛이 없는 날은 처음이었다. 일이 있다고 둘러대며

집으로 향했다.

시상식 전에 진실을 밝혀야 한다는 생각뿐이었다.

집으로 와서 컴퓨터 앞에 앉았다. 그 작품을 다른 공모전에 낼

생각이었다.

거실인지 부엌인지 알 수 없는 곳에서 동생이 텔레비전을 보고 있어서

집중할 수 없었다. 집이 너무 좁아 소리가 그대로 들렸다.

"초등학교 6학년이면 공부 좀 해! 그리고 조용히 해!"

버럭 소리를 지르며 방문을 닫았다. 넓은 집에 살면 얼마나 좋을까?

"나도 수행평가 해야 돼. 빨리 컴퓨터 써!"

녀석이 문을 열고 소리를 질러 댔다.

이어폰을 귀에 꽂고 조용한 음악을 들었다.

다시 진솔이가 한 말이 귓가를 맴돌았다. 가난을 주제로 써야 상을

받는다고?

대학교 홈페이지 게시판에 진솔이가 표절을 했다고 올리려다 참았다.

그러면 진솔이가 읽을 수도 있다. 공모전 안내문에 담당자 메일 주소가

적혀 있었다. 메일로 진실을 알리려다가 머뭇거렸다. 내가 고발했다는

증거가 남을 것 같았다.

"누나, 배고파! 밥솥에 밥이 없어."

녀석이 소리를 질러 댔다. 마트에서 계산원으로 일하는 엄마는

밤 열한 시가 넘어야 온다.

문득 안방에 걸려 있는 가족사진이 눈에 들어왔다. 식도암으로 아빠가

세상을 떠나기 반년 전에 찍었다. 그때는 마지막 사진이 될 줄 미처
몰랐다.

컴퓨터를 녀석에게 양보하고 부엌에 가서 쌀을 씻었다. 갈라진 손등에
물이 닿아 따끔거렸다. 숨기고 싶은 가정 형편이 진솔이에게는 상 받기
좋은 글쓰기 소재에 불과했다.

1교시 때부터 선생님들은 진솔이에게 소설도 잘 쓴다며 칭찬을 해댔다.
귀를 막고 싶었다. 웃는 진솔이를 보며 반드시 진실을 밝히겠다고
다짐했다.

점심시간이었다. 약을 사러 간다고 하면서 모자를 챙겨 학교 밖으로 나와
공중전화를 찾았다. 가슴이 너무 급하게 뛰었다.

공모전 담당자에게 전화를 했다. 나는 친구가 잘되는 꼴을 못 보는
속 좁은 게 아니다. 내 권리를 찾으려는 신고 정신이 투철한 것이다.

우수상을 받은 진솔의 작품이 친구의 소설을 베낀 것이라고 담당자에게
말했다.

"증거가 있나요?"

"명확한 증거는 없지만, 그런 것 같아요."

자꾸 더듬거렸고 목소리를 작게 하느라 발음이 정확하지 않았다.

"표절로 밝혀지면 공모전에 큰 타격이 오니 알아볼게요."

담당자가 전화를 끊었다.

다리에 힘이 빠져 바닥에 주저앉을 것 같았다.

학교로 가서 화장실에 갔다. 손을 씻는데 문득 새로운 생각이 떠올랐다.

변기 칸에 들어가 벽에 진솔이가 표절을 해서 상을 받았다고 적었다.

글씨를 알아보지 못하도록 왼손으로 썼다. 글씨가 너무 삐뚤삐뚤해서

한글을 처음 보는 사람이 쓴 것 같았다.

혹시나 걸릴 것 같아 지우려고 하다가 그대로 두었다. 잘못은 진솔이가

한 것이다.

한 곳에만 적으면 안 될 것 같아 교무실 옆 화장실에도 적었다.

교실로 들어갔다. 점심을 먹지 않았지만 배가 고프지 않았다. 오히려

속이 더부룩했다.

마침 진솔이가 아이들과 수다를 떨면서 들어왔다. 진솔이와 눈이

.   마주쳐서 나는 급히 눈을 돌렸다.

수업이 끝나고 청소 시간이었다.

"수상 작품 표절이라고 소문이 났어!"

진솔이에게 늘 일등을 빼앗기는 아이가 떠들어 댔다. 마이크를 잡고

말하는 것처럼 목소리가 컸다.

"내가 왜 표절을 하냐? 그거 내가 쓴 증거도 있어. 그런 거짓말하는 애는

명예훼손으로 고발할 거야."

진솔이가 눈을 부릅떴다.

퇴고까지 해야 진짜 완성!

"화장실 벽에 적혀 있어."

다른 아이가 맞장구를 쳤다.

진솔이가 화장실로 가려고 일어날 때, 옆 반 아이가 와서 문예부

선생님이 진솔이를 찾는다고 전했다. 진솔이가 허겁지겁 교무실로

달려갔다.

갑자기 가슴이 터질 듯이 뛰기 시작했다.

나는 수학 문제집을 들고 선생님에게 질문하러 가는 척하며 교무실로

갔다.

진솔이가 문예부 선생님 앞에서 울고 있었다.

못 본 척 고개를 돌리는데 선생님이 나를 불렀다.

"문예부 학생들 다 모이라고 해라."

나는 핸드폰으로 단체 문자를 보냈다.

청소가 끝나고 도서실에 선배와 1학년들이 다 모였다.

"진솔이가 표절해서 상을 받았다는 소문이 돌고, 대학교에서도 연락이

왔어. 그런데 사실이 아니야."

선생님의 목소리가 무거웠다. 옆에 서 있는 진솔이의 눈가가 붉었다.

"진솔이가 자신의 메일에 저장된 소설 관련 파일을 모두 보여 줬어.

공모전 안내문이 오기 전인 7월부터 작품 구상을 시작한 증거가 명확해.

무엇보다……."

선생님이 말을 멈추고 진솔이를 보았다.

"제가 말할게요. 표절 의혹을 받는 것 자체가 너무 싫어서 모두 앞에서

다 털어놓으려고 합니다. 그 소설은 다 제 이야기예요. 아빠가

동업자에게 사기를 당해서 여름방학 직전에 가게 문을 닫았고 아파트도

팔고 반지하 셋방으로 옮겼습니다. 햇빛이 잘 안 들어오는 답답한

집이라 학교에 늦게까지 남았어요. 방이 부족해서 오빠는 부엌에 자는데,

곧 군대에 갑니다. 노트북은 중고로 팔았습니다."

진솔이의 목소리가 떨렸다. 눈물을 흘릴 수 있는 상황에서도 진솔이는

어른스러웠다.

나는 진솔이를 똑바로 볼 수 없어 고개를 숙였다.

학교에 들고 온 노트북은 사촌 언니에게 빌렸다고 덧붙였다.

"상금이 너무 필요해서 소설을 쓰기 시작했습니다. 아니, 선생님이

소설에 고민을 쓰면 속이 후련해진다고 해서 쓰기 시작했는지도 몰라요.

친구들에게 말하지 못하는 고민을 소설에 털어놓으니까 정말 좋았어요.

그리고 현실과 다르게 결말을 해피엔딩으로 했더니 희망도 생기더군요."

진솔이가 말을 끝냈다. 도서실이 너무 조용해졌다. 숨소리도 들리지

않았다.

나는 나도 모르게 계속 눈물을 흘리고 있었다. 범인이라고 자백하는

꼴이었다.

"누가 근거도 없이 거짓말을 퍼트리는 거야? 명예훼손으로 고발해 버려!"

선배가 진솔이의 어깨를 두드렸다. 도서실에 있을 수가 없었다. 선생님의

퇴고까지 해야 진짜 완성!

얼굴도 볼 수 없었다.

도서실을 나가서 곧장 화장실로 향했다.

다행히도 아무도 없었다. 구석에 있는 청소 도구함에서 수세미와 세제를 꺼내 벽에 적힌 글씨를 지우려고 했다.

이미 지워져 있었다. 자세히 보니 흐릿하게 내 글씨가 남았다. 손에 힘을 주고 수세미로 세게 밀었다.

갑자기 변기 칸 문이 열렸다. 진솔이가 들어왔다.

"내가 다 지웠어."

"미안해!"

"차라리 속이 후련해. 형편을 다 털어놓으니까 학교에서 급식비 지원도 받을 수 있어."

진솔이는 언제나 당당했다. 그 모습이 부러웠다. 어쩌면 나는 그런 모습 때문에 진솔이를 질투하고 있었는지도 모른다.

"너도 단편 소설을 대학교 공모전에 응모한 것도 알고 있었어. 작품이 좋았는데 아쉬워. 잘 고쳐서 교육청에서 주최하는 대회에 내!"

"어떻게 알았어?"

"컴퓨터실에서 유에스비를 주웠는데, 주인을 찾아 주려고 저장된 파일 몇 개를 봤어. 단박에 넌 줄 알았지. 일기도 있고 해서 차마 봤다고 말하지 못하고 몰래 네 책상에 넣었어."

진솔이가 나를 물끄러미 바라보았다. 내 형편을 알고 있다는 눈빛이었다.

"애들이 내가 시험 때 공책도 안 보여 주고 얌체처럼 군다고 욕했지?

장학금을 받고 싶었어."

진솔이의 눈동자가 붉어졌다.

나는 진솔이의 손을 잡는 것밖에 할 수 있는 일이 없었다.

"배고픈데 우리 매운 떡볶이 먹으러 가자! 먹방에 소개된 맛집 있어. 네가

쓴 소설 보니 매운 떡볶이 좋아한다고 나왔더라."

진솔이가 핸드폰으로 떡볶이 집을 검색했다. 나는 고개를 끄덕였다.

"내가 쓴 소설 읽고 감상평 말해 줄 수 있지?"

매운 떡볶이를 생각하니 벌써부터 입에 침이 고였다.

이렇게 소설 한 편이 완성되었다. 원고지 40매 분량을 써 내려간
학생 작가는 이런 소감을 남겼다.

작가 후기

이렇게 긴 글은 처음 쓴다. 원고지 40매. 구상할 때만 해도 쉽게 쓸 수
있을 것 같았지만 막상 시작했더니 너무 힘들었다. 주인공이 된 것처럼
몰입하는 데도 시간이 오래 걸렸다. 내 경험을 생각하다 보니 다행히도
진솔이와 민주에게 빠져들었다. 그때부터 진도가 나갔다.

퇴고까지 해야 진짜 완성!

지금 생각해 보니 어쩌면 내 이야기를 하고 싶었던 것은 아닐까 싶다.

소설은 허구라서 가장 진실이 드러난다는 선생님의 말을 이 소설을 쓰면서 이해할 수 있었다. 정말 소설 쓰기에 가장 좋은 교과서는 자신이 쓴 글이었다.

소설 쓰기는 좀 이상했다. 힘든데, 포기하기 싫었다. 맛있게 매운 고추장처럼, 즐겁게 힘들었다. 꼭 완성하고 말겠다고 스스로 굳은 약속을 했다. 작가의 말을 쓰는 지금 정말 기쁘다. 40매를 채운 내 자신에게 박수를 보내고 싶다. 앞으로 20매 정도의 글은 쉽게 쓸 수 있지 않을까? 한 번쯤 소설을 써보면 즐겁게 힘든, 이상한 마음을 느낄 수 있을 것이다. 그 감정은 절대로 말로 표현할 수 없다.

부록

1. 나의 첫 소설 쓰기 로드맵

글쓰기 난이도

★ 4~5줄
★★ 한 문단 이상
★★★ 한 장 이상
★★★★ 소설 한 편

문장과 친해지자!

닉네임 정하기

과자 맛 묘사하기

글쓰기는 쉽다!

예능 감상문 쓰기

책 제목으로 스토리 짜기

문장 릴레이로 소설 맛보기

글쓰기는 자유다!

청소년 시, 노래 가사 바꾸기

이야기 3요소로 소설 분석하기

글쓰기의 감동 느끼기

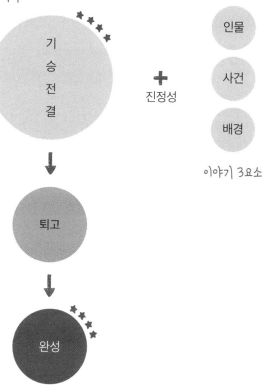

실전 소설 쓰기

소설 계획표

기
승
전
결

＋ 진정성

인물

사건

배경

이야기 3요소

퇴고

완성

2. 멘토 SOS! 소설가에게 묻는다

질문 ① 글을 쓰고 싶은데, 어떻게 시작해야 할지 전혀 모르겠어요!
너무 막막해요.

아주 조용한 곳에 앉아서, 좋아하는 짧은 글이나 시를 공책에 차분하게
옮겨 적으면 어떨까요? 웹툰이나 드라마 대사도 좋아요. 어떤 글을
그대로 따라 쓰는 것을 필사라고 해요. 필사를 하다 보면 마음이
가라앉으면서 집중력이 높아지고, 눈으로 읽을 때는 안 보이던 것도
머릿속에 그려지는 듯 생생해집니다. 짧은 글의 구성도 자연스럽게
알 수 있고, 컴퓨터로 타이핑할 때와 다르게 문장 사이에 숨은 의미도
보입니다. 장점이 끝이 없네요. 또 쉼표의 중요성, 토씨의 차이 등도 알 수
있고, 어느 순간 문장 쓰기 실력이 좋아집니다.
물론 단점도 있습니다. 우선 손이 아프겠죠? 필사를 권하지 않는 작가도
많아요. 다른 사람의 문장을 따라 쓰면 오히려 영향을 받아 실력이 늘지
않는다고 말하기도 합니다.
그래도 한두 번 정도는 해보는 것도 신선한 경험이라 생각합니다.

질문 ② 백일장, 공모전에 자주 떨어지면 재능이 없는 거죠?

저도 학생 시절에 자주 했던 생각입니다. 그만큼 공모전에 많이
떨어졌다는 뜻이죠. 당시에는 작품을 우편으로 제출해야 했는데, 동네
우체국에 너무 많이 가다 보니 창피해서 다른 동네 우체국을 찾기도
했습니다.

먼저 묻고 싶은 것이 있어요. 혹시 문학 특기생으로 대학에 진학하는 게
목표이기 때문에 공모전 탈락이 신경 쓰이는 것은 아닌가요?
정말 작가가 되고 싶다면 공모전 탈락에 너무 신경 쓰지 마세요.
공모전은 심사위원 취향 등이 반영되고 운이 많이 좌지우지하거든요.
물론 마음을 내려놓기 쉽지 않아요. 저도 탈락했을 때 처참한 기분을
많이 느꼈고, 요즘도 느끼고, 앞으로 느낄 예정이니까요.

청소년기에 수상을 많이 하는 것은 정말 재능이 뛰어나다는 뜻입니다.
반면 말하기 조심스럽지만 다른 한편으로는 일찍 글쓰기 기술을 터득한
결과일 수도 있습니다. 글은 기술만 가지고는 오래 쓰지 못합니다.
글쓰기는 자신만의 세계를 표현하는 과정이며 꾸준한 독서와 생각,
경험이 필요하고, 계속 고민하며 그 세계를 확장해야 합니다.
정말 작가가 되고 싶다면 공모전 탈락에 연연하지 말고, 꾸준하게
읽고 쓰세요. 다만 이런 조언은 드릴 수 있습니다. 공모전에 탈락하면
왜 떨어졌는지 심사평과 수상 작품을 보면서 분석하세요. 꾸준하게
분석하다 보면 언젠가는 기회가 옵니다. 빨리 오고 늦게 오고 차이가
있을 뿐입니다.

질문③ 꼭 문예창작학과에 가야 하나요?

글은 대학교에서 무엇을 배웠는지와 상관없이 누구나 쓸 수 있습니다. 그 지점이 저는 글쓰기의 가장 큰 매력이라 생각합니다. 정규 교육을 받지 않아도 됩니다. 글쓰기를 배우고 싶다면 도서관 등에서 작가가 진행하는 창작 수업이 많으니 찾아 보세요. 무료로 배울 수 있습니다. 문예창작학과를 나오면 좀더 글을 많이 공부하고, 작품을 읽어 줄 선생님과 문우가 생긴다는 장점이 있습니다. 하지만 뜻이 있다면 아카데미, 인터넷 동호회에서도 함께 공부할 지인을 찾으면 됩니다. 오히려 다른 전공을 공부하면 더 폭넓은 주제를 글에 담을 수 있습니다. 예를 들어 한 간호학과 출신 작가는 병원을 배경으로 생생한 작품을 써서 베스트셀러 작가가 되었습니다. 확실히 상상력이 낯선 작가가 늘 주목을 받아요. 사회과학을 전공한 작가는 문제의식과 주제가 날카롭고, 공대를 졸업한 작가는 상상력이 남달라서 과학 소설을 잘 쓰더군요. 정규 교육을 안 받은 작가는 세상을 기존의 시선과 다르게 그려내 주목 받기도 합니다. 물론 문예창작학과 출신들도 멋진 작품을 써냅니다. 어디에서 누구에게 배웠는지보다 의지와 자세가 더 중요합니다.

질문 ④ 시와 소설 중에 제가 무엇을 잘 쓰는지 모르겠어요!

저는 고등학생 때 문학을 접했습니다. 처음에는 시를 썼습니다.
너무 재미가 없고, 솔직히 고통스러웠습니다. 당시 제가 쓴 시를 읽어
보면, 산문을 단순히 행으로 나눈 느낌이고, 시를 완성해도 끝냈다는
후련함과 성취감이 없었어요.

그러다가 우연히 소설을 썼는데 정말 재미있더군요. 더 잘 쓰고 싶어서
누가 시키지 않았는데 좋은 소설을 찾아 읽기 시작했습니다. 이야기를
끝내면 답답했던 마음이 후련해져서 좋았어요. 이야기 만들기가 제게
더 적합했던 거죠.

인상 깊게 읽은 기사 중에 시를 오랫동안 써도 등단을 못 한 지망생
이야기가 있습니다. 어느 날 지인이 시를 진짜 못 쓴다고 장르를
바꾸라며 냉정하게 조언을 했답니다. 지망생은 의견을 존중해서 소설
습작을 시작했고 곧 등단해서 유명한 작가가 되었다 합니다. 이처럼
한 장르를 못해도 다른 장르에서 빛을 낼 수 있습니다. 먼저 다양한
글을 쓰고 책을 읽으며, 쓰는 즐거움이 큰 장르를 선택하세요. 또 주변에
작품을 보여 주며 조언도 듣고요!

질문 ⑤ 공모전에 탈락한 작품은 휴지통에 버려야 할까요?

어느 출판사 편집자가 말하길, 작가가 투고하는 원고는 별로인 경우가 많다고 합니다. 그중에서도 소재, 주제가 좋거나 시선이 남다르고 뭔가 장점이 있는 작품을 작가와 함께 수정하면서 출간한다는군요. 작가도 수정을 하는 과정에서 많이 성장하고요. 물론 훌륭한 작가는 바로 출간할 만큼 뛰어나겠죠.

글쓰기를 시작할 때는 수정 과정이 큰 공부입니다. 작품을 썼다면 주변의 조언을 듣고 작품의 장단점을 분석해야 합니다. 틀린 문제를 분석하는 오답 노트처럼요! 그리고 시간이 흐른 뒤 문제점이 객관적으로 보일 때, 단점을 고치고 장점을 더 키워야 합니다.

그렇다고 한 작품만 일 년 동안 매일같이 고치지는 마세요. 새로운 작품을 쓰는 것도 중요합니다. 여러 번 고친 작품은 컴퓨터에 잘 저장해 두세요. 훗날 작품 A와 B를 더해 C라는 새 작품을 만들 수도 있습니다. 저도 몇 년 전에 썼던 '망작'을 잘 고쳐서 발표할 때가 간혹 있습니다.

질문 ⑥ 소설가가 꿈이면 문학 작품을 주로 읽어야 하나요?

글을 잘 쓰려면 먼저 세계관을 키워야 합니다. 즉 식상한 말이지만
다양한 장르의 책을 읽어야 합니다. 매일 신문을 보면서 오늘을
살아가는 사람들의 풍경을 살피세요. 역사책을 읽고 예전 사람들의
삶을 돌아보고 시대의 흐름을 보세요. 2000년 전에 살던 사람이나
지금을 사는 사람이나 욕망은 같아요. 그리스 고전을 지금도 읽는
이유입니다. 철학을 비롯한 교양 인문서도 눈여겨봐야 합니다.
물론 소설도 많이 읽어야 하지만 균형 잡힌 독서는 필수입니다.
특히 우리나라는 문과와 이과를 구분하다 보니 외국에 비해 통합적인
사고와 상상력이 부족하다는 지적을 받습니다. 과학 관련 서적도 읽으면
좋겠죠.

이 부분은 저도 반성하고 있습니다.

어느 선생님은 작가가 되려면 도서관에 가서 서가 0번부터 9까지
살펴보고 각 서가에서 제목이 흥미로운 책을 열 권씩 읽으라
하시더군요. 자연스럽게 다양한 책을 읽을 수 있다고요. 쉬워 보이지만
막상 해보면 어렵다고 합니다. 부끄럽지만 저도 못 했습니다. 역시
실천은 너무 어려워요.

질문 ⑦ 글을 쓰고 싶은데 쓸거리가 없어서 답답해요!

원고 마감은 다가오는데 주제와 소재도 못 정하면 정말 답답하고
조급해지죠. 그럴 때 저는 차분히 산책을 하면서 최근 겪은 일, 들었던
이야기, 읽었던 신문 기사 또는 우연히 본 것 중에 또렷하게 떠오르는
것을 찾아요. 시간이 지나도 기억하고 마음을 흔든다는 것은 그 일에
공감하고 문제의식을 느꼈다는 뜻이니까요.

곁에 있는 아주 사소한 것에서 글이 시작될 때도 있어요. 원고 청탁을
받고 고민할 때 마침 이사를 갔는데, 집안 곳곳에 귀여운 캐릭터
스티커가 붙어 있었죠. 스티커를 떼서 버릴까 하다가 삶의 흔적인 것
같아 그대로 두었는데, 볼 때마다 누가 붙였을지 상상하다가 단편 소설
〈웰컴, 그 빌라 403호〉(《알바 염탐러》, 마음이음, 2019)가 시작되었어요.
그즈음에 신문에 성적 조작 사건 보도가 많아서 이야기에 더했어요.
소재를 찾는다는 핑계로 여행을 다니거나 친구를 자주 만나는 지인이
있는데 그러다 보니 막상 글을 쓸 시간은 없어하더군요. 자신의
마음속에, 좀더 확장하면 집 안에서도 글의 씨앗은 찾을 수 있다고
생각합니다. 늘 보던 것을 새롭게, 낯설게 보는 연습을 하면 어떨까요?
남자가 해야 한다고 생각하는 일을 여자가 한다거나, 할머니가 주로
하는 취미를 열 살짜리 아이가 한다는 설정으로 바꿔도 풍성한
이야기가 나옵니다.

질문 ⑧ **다른 사람에게 글을 보여 주기가 너무 민망해요.**
꼭 평가를 받아야 하는 걸까요?

평가를 받는다는 말은 적합하지 않아요. 그래서 더 부담스러워서 글을 보여 주지 못하는 거죠. 소감을 들을 수 있는 아주 고마운 기회라고 생각하면 어떨까요?

저는 대학교 입학 후 혼자서 소설을 썼는데, 보여 줄 사람이 한 명도 없었어요. 지금처럼 도서관에서 창작 수업을 하지도 않았고, 문학 커뮤니티도 활성화되어 있지 않던 '응답하라 2002' 시절 입니다. 제 글의 장단점을 알지 못해 너무 답답했던 터라 군대 전역 후 소설 아카데미에 갔어요. 그때 엄청난 충격을 받았어요. 제가 쓴 소설도 엉망이지만 더 큰 문제는 글쓰기의 기본인 문장력이 형편없다는 것을 알았죠. 그 수업을 듣기 전까지는 제 글이 그토록 이상하다는 것을 전혀 눈치 채지 못했습니다. 수업 덕분에 근거 없는 자신감이 완전히 박살났고 열심히 하게 되었습니다.

부끄러워서 남에게 글을 보여 주지 못하겠다면, 그 글은 일기가 아닐까요? 자기 위로를 목적으로 쓴 글이라면 남들이 볼 수 없도록 비밀 금고에 숨겨 놓아도 됩니다.

그렇지 않다면 글을 읽고 따스하게 조언해 주는, 실력 있는 지인을 찾아야 합니다. 냉정하고 날카롭게 글을 분석해 주는 사람은 작가에게 큰 도움이 됩니다. 물론 가끔 독설을 쏟아 내서 자신감을 바닥까지 떨어트릴 때도 있지만요.

10대를 위한
나의 첫 소설 쓰기 수업

초판 1쇄 2019년 8월 30일
초판 3쇄 2022년 9월 30일

지은이 문부일

펴낸이 김한청
기획편집 원경은 김지연 차언조 양희우 유자영 김병수 장주희
마케팅 최지애 현승원
디자인 이성아 박다애
운영 최원준 설채린

펴낸곳 도서출판 다른
출판등록 2004년 9월 2일 제2013-000194호
주소 서울시 마포구 양화로 64 서교제일빌딩 902호
전화 02-3143-6478 **팩스** 02-3143-6479 **이메일** khc15968@hanmail.net
블로그 blog.naver.com/darun_pub **인스타그램** @darunpublishers

ISBN 979-11-5633-260-2 43800